ANDREAS STICHMANN

LORELEY

ERZÄHLUNGEN

ROWOHLT

Die auf Seite 107 zitierten Zeilen stammen aus
Rainer Maria Rilkes Gedichtzyklus *Das Stunden-Buch:*
«Ich lebe mein Leben in wachsenden Ringen» (1899).

Originalausgabe
Veröffentlicht im Rowohlt Verlag,
Hamburg, März 2024
Copyright © 2024 by Rowohlt Verlag GmbH, Hamburg
Die Nutzung unserer Werke für Text- und Data-Mining
im Sinne von § 44b UrhG behalten wir uns explizit vor.
Satz aus der Chronicle
bei Pinkuin Satz und Datentechnik, Berlin
Druck und Bindung CPI books GmbH, Leck
ISBN 978-3-498-00701-0

Für Nina

INHALT

Heimatgedicht 9

Verwechslungen 21

Warum schon wieder zu Watan? 43

Dynamitfischen 51

Einblick 75

Gooftown 83

Entlassen 97

Motel 111

HEIMATGEDICHT

Steffanie kommt von einem anderen Stern. Auf diesem Stern sind alle hyperaktiv, wunderschön und dünn. Motte denkt das am Morgen, als Steffanie aufwacht im Schlafsack neben ihr. Seit fünf Wochen ist Motte von zu Hause weg, von ihrer ewig streitenden Familie, und wohnt jetzt im Zelt. Steffanie ist seit ein paar Tagen bei ihr und wird vermutlich nicht lange bleiben. Weil eben: wunderschön. Sie sieht nicht mal nach einem Problemkind aus. Und so eine bleibt nicht, da ist sich Motte sicher, so viel Erfahrung hat sie mit ihren fünfzehn Jahren.

«Morgen!», sagt sie und versucht, ihren Mundgeruch nicht in Steffanies Gesicht zu blasen.

«MOIN!»

Wellensittichschnell kratzt sich Steffanie unter den Achseln und setzt auf diese Weise ein Süßsaueraroma frei. Sie redet drauflos, als wollte sie um jeden Preis verhindern, dass Motte etwas Persönliches fragt.

«HEUTE FÄRBEN WIR ALLE WASSER BONNS. OKAY?»

Dazu malt Steffanie mit den Händen Kryptisches in die Luft und lächelt ihr Guten-Morgen-Lächeln. Weil Motte schon daran gewöhnt ist, was Steffanie so redet und wie unverständlich das ist, stellt sie keine Fragen.

Steffanies Augen sind so blau wie die von diesen kitschigen Spielzeugponys, die blaue Glitzersteinchen als Augen haben. Motte hatte mal so eines. Steffanie trägt ein Kleid und zieht Buffalo-Schuhe dazu an. Wenig Punk-Anteile. Ihr Haar hat nach einem Färbeversuch gestern die Farbe des Rheinschlicks Höhe Alter Zoll angenommen. Die verschiedenen Farben der verschiedenen Schlicke der verschiedenen Rheinbuchten kann Motte ihrer fünf Zeltwochen wegen recht genau bestimmen.

Wer Punk wird, wählt einen neuen Namen. So weit hat Motte das wohl vermitteln können. Dass es nicht unbedingt Sinn der Sache ist, einen normalen Namen gegen einen normalen Namen zu tauschen, hat Steffanie entweder geflissentlich ignoriert oder tatsächlich nicht begriffen. Bis vor wenigen Tagen hieß sie nämlich Nadine, und als neuen Namen hat sie dann «STEFFANIE» gewählt. Motte findet das inzwischen so stier, dass es irgendwie wieder phantastisch ist. Nicht *Loreley*, was auch gut gepasst hätte, nicht *Blitzkrieg* oder so. Nein, *Steffanie*! Wann hat es das je gegeben?

Motte macht das Zelt von außen zu. Sie sagt: «Hopp-hopp», weil ihr gefällt, wie Steffanie dann hüpft und, obwohl sie sich nicht auskennt, vorangehen will.

Sie gehen durch den Lakritzduft bei den Haribo-Werken ins Bonner Stadttal runter. Das Schnorren am Bahnhof läuft an diesem Tag gut. Motte benutzt ihren Standard-Move: «Entschuldigung, haben Sie Kleingeld? Ich muss meine Eltern anrufen. Die suchen mich.» Jeder Dritte springt darauf an, zumindest, wenn man erst fünfzehn ist, mit einem Fuß in der Telefonzelle steht und hilflos guckt. Bei Steffanie – obwohl sie etwas zu schrill spricht – klappt es auch einmal.

Im McDonald's kauft Motte zwei Kaffee. Weil Steffanie inzwischen verraten hat, dass sie von weiter weg kommt – wahrscheinlich Bochum oder so, es ist ja auch egal –, erzählt Motte von Bonn auf die Weise, wie es eine Fremdenführerin tun würde. Die Kennedybrücke heißt Kennedybrücke, weil da mal Kennedy drübergefahren ist, im offenen Wagen. Bonn-Beuel heißt Bonn-Beuel, weil es die Form einer Beule vorweist. Der Rhein ist zweihundertfünfzig Millionen Jahre alt und wurde durch den Einschlag von Kleinasteroiden aus dem Jupiternebel geformt. Die Loreley, auch wenn die jetzt nicht in Bonn liegt, sondern in Sankt Goarshausen, gab es wirklich, also, es gab ein reales Vorbild für die Dichtung von Brentano, eine Wirtshaustochter, die starb, ohne je etwas von ihrer späteren Bedeutung zu ahnen. Der Friedensplatz hieß früher Adolf-Hitler-Platz. Der wurde nach dem Krieg – Simsalabim! – umbenannt. Aber die Menschen sind natürlich nicht besser geworden. Es sind die gleichen Gesichter wie früher, die Gesichter von allen, sagt Motte. Auch sie beide hätten so ein Gesicht.

«Ich nicht!» – Steffanie interessiert sich nicht für Geschichte. Steffanie, die vielleicht aus besserem Hause ist, ist nicht klug, das hat Motte inzwischen deutlich gemerkt. Steffanie würde auch sicher nicht verstehen, dass Motte seit fünf Wochen so sonderbar über Heimat nachdenken muss. Zelte mal alleine in der Stadt, in der du schon immer warst, würde Motte gerne zu jemandem sagen. Das ist ein komischer Kontakt. Dein Körper besteht plötzlich aus demselben Material wie die Stadt und sogar aus demselben Stoff wie die Zeit! – Aber sinnlos, sinnlos. Motte versucht gar nicht erst, Steffanie damit zu kommen.

Stattdessen sagt sie nur: «Das Wort Rhein kommt von Rinnen beziehungsweise Fließen. Ist das nicht erstaunlich? Ein Fluss, der einfach Fließen heißt?»

Nein, auch dafür zeigt das Mädchen, das möglicherweise Anlass einer Dichtung werden könnte, einer weltberühmten, touristisches Potenzial entfaltenden Dichtung, kein Interesse.

Am Kaiserplatz kippt Steffanie einen großen Pott Textilfarbe ins Brunnenwasser. Die Farbe hat sie vom Hanfshop-Jan geschenkt bekommen. Jawohl, sie wolle alle Wasser Bonns färben, wiederholt sie, außer den Rhein natürlich, weil der ja fließe. «Den kann man nicht färben», sagt sie in vollem Ernst.

Und die Buffalos werden ausgezogen und weggeschleudert. Und die Tennissocken zieht sie aus und wirft sie von sich, um ins Wasser zu steigen.

Warum muss körperliche Schönheit bloß so lächerlich anziehend sein?, fragt sich Motte. Sollte ich nicht einfach gehen und sie machen lassen? Wo sie doch kaum mit mir spricht? Sollte ich nicht alleine am Rhein mein Gedicht weiterschreiben?

Barfuß steigt Steffanie ins Wasser und verteilt die Farbe. Es entsteht ein überraschend schönes, in der Sonne leuchtend sich entwölkendes Rosa. Und Steffanies Augen drehen sich vor lauter Einfachheit einen Moment lang im Kreis. Ja, Steffanie schielt ein wenig vor Einfachheit, und diese Einfachheit gerät ins Kreiseln, Steffanies Augen kreiseln, wie es die Flügel der Windmühlen bis vor wenigen Hundert Jahren hier noch überall getan haben mögen. Dazu trifft Steffanies Stimme eine Frequenz, die das Mark in Mottes Knochen berührt.

«STEIG MIT REIN!»

«Nein.»

«TRINK HANFWEIN!»

«Nein, nein.»

Steffanie trinkt, bindet sich ihr schlammblaues Haar zu einer Proll-Palme hoch und setzt sich ins Brunnenwasser, als müssten die Haare trocken bleiben, das Kleid aber nicht. Schon bespritzt sie Passantenhunde. Schon wird deutlich: Sie will heute Ärger haben. Schon ahnt Motte: Das war die letzte zweisame Nacht im Zelt. Vielleicht gut. Vielleicht ein Anlass, das Zeltleben ganz zu beenden. Irgendwann muss Motte ja eh mal wieder, wo auch immer das ist, nach Hause.

Als die anderen kommen, scheint es für einen Moment möglich, Steffanie aus dem Wasser zu holen. Gut wäre es, vor allem für Steffanie, weil: Sie wird von der Polizei gesucht, soweit Motte weiß. Komischerweise kommt das gar nicht so selten vor, dass Leute gesucht werden und trotzdem die Aufmerksamkeit der Polizei auf sich lenken. Manchmal gibt es dann eine große Solidarität unter den Kaiserplatzleuten.

Aber leider: Momentan sind da nur die Unvernünftigsten. Ein Typ wie Mini-Stark kommt, beispielsweise. Sitzt sofort im Wasser. Arbeitet sich mit krakenhaften Bewegungen, die lustig sein sollen, zur nassen, Unterwäsche zeigenden, betrunkenen Steffanie hin. Und redet davon, dass das mit der Textilfarbe *Street Art* sei. Und spritzt mit Wasser.

Helmut, der Penner, kommt.

Farhad, der Perser.

Marlene, die Gehbehinderte – die entschließt sich sofort zum Bade.

Röhre, die Röhre.

Alex, der Skin.

Und als Motte schon auf Abstand gegangen ist, weil sie eben keine Lust auf Polizei hat – im Zweifelsfall will sie höchstselbst nach Hause und aus freien Stücken –, kommen Fritte, Mützchen, Riesen-Stark, Janine und Tante Zara. Das sind die Vernünftigeren. Viel vernünftiger als Mottes Familie, beispielsweise. Aber: Heute sind auch sie schon angetrunken. Und sehen die Schöne und die Sonne und finden's irgendwie gut. Und keine zwanzig Minuten später – Simsalabim! – hält Steffanie eine abgebrochene Weinflasche in der Hand und schreit.

Da ist Motte schon Richtung Hofgarten und sieht nur von Ferne noch zu. Wie die beiden Polizisten, die hier alle schon kennen, heranjoggen. Und Steffanie hat plötzlich ein Passantinnen-Hündchen auf dem Arm und hält dem die halbe Weinflasche an die Kehle. Sie rennt mit Hündchen und Flasche an Motte vorbei Richtung Bahn.

«Die wirft sich vor die Bahn!», ruft jemand.

Aber das passiert nicht, die S-Bahn steht, die Türen gehen zu. Steffanie schiebt ihre Hände zwischen das schwarze Dichtungsgummizeug und klammert sich von außen an die S-Bahn-Tür. Mit den nackten Füßen findet sie Halt. Das Hündchen kommt zur Besitzerin zurückgeklickert. Und die Bahn fährt an. In der geringen Geschwindigkeit der Bonner Bahnen flieht Steffanie S-Bahn-surfend, während Motte zu Fuß flieht, über den Hofgarten, hinunter zum Fluss.

mein rhein
bin dein
du klobiges gewässer
du grünblaue sülze
die möwen und die ganze geschichte des
    rheintalwassers
von den mammuts angefangen
über die frühen oberkasseler menschen
die schon gemalt haben sollen
und auf knochenflöten gespielt
mit kalk geschminkt
haben die damals schon bönnsch gesprochen?
beobachtet von tieren
beobachtet von neandertalerinnen durchs geäst
mir neandertalerin
unter colabraunen wolken
jetzt hab ich den faden verloren

Wenn Motte schreibt, sitzt sie immer unterhalb der Tiefgarageneinfahrt am Steg. Neben ihr liegt ein Buch. *Treffen junger Autoren 1993 – Die Gewinnertexte.* Auch da sind die meisten Gedichte kleingeschrieben, und etwas daran gefällt ihr. Klein ist, als wären die Buchstaben gleich große Fische, kommunistische Fische, die schwimmen und drängen, ohne aber penetrant das Maul aufzureißen wie all die großen Angeber auf diesem Planeten.

Das Büchlein hat sie am Holzwagenbuchladen gekauft, im Frühjahr, und sie hat schon beim Kaufen stark geschwitzt, komischerweise, als hätte sie gewusst: Dieses Buch ist mein Steg in die Dichtkunst hinein –

rhein
du sülze
ach du dumme suppe
stur grummelst du an allem vorbei
unter allem hindurch
ebnest dir dein jahr
mit hochgezogenem kragen
wie alt bist du eigentlich und wie kalt verdammt noch
    mal?

18

Aber ich merke, es ist ein bisschen unmöglich, das Gedicht zusammenzukriegen, das Motte denjenigen von uns vorlas, die an diesem Abend am Steg zusammenkamen. Zumal es danach gleich von ihr zusammengeknüllt wurde und geräuschlos in der Strömung verschwand. Mein Name war Eimer. Über mir waren die Sterne. Unter mir am Rheingrund bewegten sich Abermillionen Steine völlig ungesehen in der Strömung. So etwas wurde in dem Gedicht beschrieben.

grunzt du, du wasser? du flüssiger hund?
ich grunze mit!
ach, *all beauty must die!*
vorbei: loreley

Jedenfalls hat es einmal, da unten am Rhein, ein Mädchen namens Motte gegeben.

VERWECHSLUNGEN

1

Weil mein alter Bekannter Alexander Germ früher ein ziemlicher Schläger gewesen war, machte es mir Sorgen, dass er nun Verantwortung für kranke Kinder übernommen hatte. Dennoch freute ich mich zu hören, dass er drüben in Haus 2 unserer Allergieklinik als Pfleger eingestellt worden war. Ich selbst befand mich aufgrund einer atypisch verlaufenden Nesselsucht, um die es hier nicht gehen soll, bereits zum dritten Mal stationär in Behandlung. Die Therapien schlugen nur mäßig an, es zog sich hin, daher gefiel mir der Gedanke, einen Bekannten aus einem ande-

ren, früheren Leben, einem Leben vor der Nesselsucht, wiederzutreffen.

Auf meinem Weg durch den Park fiel mir eine An-
gewohnheit Germs wieder ein. Wir kannten uns aus
Studententagen. Zur Verabschiedung hatte er stets
Bis später gesagt. Obwohl wir uns allenfalls wöchent-
lich in den Bonner Altstadtkneipen gesehen hatten.
Er hatte mit seinem ewigen *Bis später*, ob Absicht
oder nicht, ein Bild des Lebens als einem durchge-
henden Zeitflur in mein Herz gepresst. *Bis später* –
obwohl Nächte dazwischenlagen! Als gäbe es keine
Pausen!

Diese Vorstellung hatte mich damals sehr be-
drückt.

Auf Germs Station schickte mich eine Schwester
einen Flur hinunter. Ich trat auf den Raucherbalkon
hinaus. Und wer stand da? Überraschend alt geworden? Wer hatte sich von einem schlitzohrigen Frauen-
typen in einen molligen Pfleger verwandelt?

Ihr wisst es. Es war mein alter Bekannter Alexander Germ.

Zu spät fiel mir ein, dass ich mir das Erschrecken
nicht hätte anmerken lassen dürfen, es war unhöf-
lich. Germ titschte ein wenig zurück. Was war mit ihm

passiert? Die unangenehme Kompaktheit seines Gesichts – wie ein Armaturenbrett – war noch da. Aber nun war diese Kompaktheit ein wenig nach unten gerutscht. Der Mann wirkte im Ganzen etwas hängend. Nur seine Stirnfalten transportierten noch dieses Schlitzohrige von damals, wobei ich *schlitzohrig* nur verwende, weil ich kein passenderes Wort finde. *Armaturenbretthaft-dämonisch* würde es vielleicht treffen, ich weiß es nicht.

«Ja, Mensch, Germ», sagte ich, nach einigen beiderseits stockenden Sätzen. «Du rauchst auch noch? Von dir hätte ich das nicht gedacht.»

Ein seltsamer Beginn. Ich versuchte, mich zu erklären. Ich sagte, ich hätte ihn als einen Eigenliebenden in Erinnerung. Ein Alexander Germ durchschreitet den Zeitflur seines Lebens gesund und angstfrei, hätte ich immer gedacht. Ein Schläger, ja – aber nicht autoaggressiv. Ein Eigenliebender, der nicht, wie ich, sein Leben lang stark rauchen wird.

Ich weiß nicht mehr, was er daraufhin sagte. Plötzlich blendete Sonnenlicht auf den Balkon. Es aktivierte Abermillionen Sterne auf meiner Epidermis. Und alle diese Sterne waren durch eine Art Schmerzlicht verbunden mit ihrer Sonne, meiner Rachenschleimhaut. Die Nesselsucht. Funken auf meinen Nerven. Nerviges Zurückfunken meiner Seele.

Ich möchte, wie gesagt, nicht in die Falle tappen und in dieses Thema abgleiten. Hier – hier ist, über was ich sprechen möchte:

Unten am Patientencafé wurden Stühle gerückt. Mitglieder einer Familie ließen sich nieder. Friedlich zerteilten sie Streuselkuchen, der sich nicht zerteilen lassen wollte und in kleinen Bröckchen von den Tellern sprang. Und das alles passierte in einem eigentlich wunderbaren Sonnenteich! Wo Gras wuchs und Blumen blühten! Und wir beide, Germ und ich, wir mussten von früher sprechen. Wie leblos! Von den verpassten Chancen, der zu sein, der man hätte werden müssen, ich ein angesehener Biologe, er ein bekannter Boxer oder dergleichen – ja, zumindest ich sprach davon, das kann ich sicher sagen.

Wie viele Tage und Nächte sind zerronnen, fragte ich, seit du mir klarmachen musstest, dass es sie nicht gibt, Tage und Nächte? Oder zumindest nicht als ein deutlich Getrenntes, sondern nur als Licht- und Schattenspiele auf einem sich drehenden Ball? Wie lange schon, fragte ich, ist wegen dir immer Tag? Oder nicht Tag, nicht Helligkeit – aber nagende Durchgängigkeit? Zumal für einen Menschen wie mich, der schon sein Leben lang unter Schlafproblemen leidet? Während ein Alexander Germ, schlug ich vor, immer ausgeschlafen gewesen sei. Ein zufriedener Schläger, warf ich ihm als Gesprächsvorschlag hin.

Wobei mir zu meiner Beschämung einfällt, dass ich die Frage hinzufügte, warum er so hängend vor mir stehe. «Bist du in Wahrheit doch unzufrieden?», fragte ich. Und fügte für mich selbst hinzu: Schließt sich hier, nach all den Jahren, angenehm ein Kreis?

Unten im Patientencafé kämpfte die Familie noch immer mit dem Kuchen. Der Sonnenteich war greller geworden, und ich meinte, das Blinken der von den Tellern springenden Bröckchen im Rachen zu spüren – meine vom Schmerz überempfindliche Wahrnehmung, mein von mir manchmal als solcher bezeichneter *Lebensspaß*.

Immerhin kam ich dadurch wieder in die Gegenwart zurück und begriff, wie massiv ich durchgesprochen hatte. Hatte Germ überhaupt geantwortet? Oder hatte ich das eigene Rotieren als Wechselwirkung missverstanden?

Amüsiert zog er an einer Mentholzigarette. Mentholzigaretten hatte er früher nicht geraucht.

«Ich heiße nicht Germ. Ich heiße Schwertens», sagte er freundlich. «Pepe Schwertens.»

Das war mir unangenehm.

2

Etwas anderes. Heute Morgen hat mir meine Ex-Frau Kerstin mein Fahrrad in die Klinik gebracht. Ich bin in die umliegende Natur rausgefahren. Die Ärzte rieten davon ab. Ich möchte aber der Nesselsucht nicht alle Macht über meine Entscheidungen übertragen, und ich liebe es nun mal, von Zeit zu Zeit so schnell zu fahren, wie ich kann. Am liebsten tue ich das außer Sichtweite anderer Menschen, meines Fahrrads wegen.

Zu dem Fahrrad, um das zu verstehen, muss man Folgendes wissen: Kerstin und ich haben unsere Streits eine Zeit lang derart eskalieren lassen, dass es für Außenstehende kaum noch nachvollziehbar war. Das verlief in etwa wie folgt:

Ein Mann aus einem fünften Stockwerk, wohnhaft hier in Köln (ich, leider), schreit eines Nachts und

schläft dann zwei Nächte hintereinander im Gartenbaumhaus. Die Frau zieht anderen Morgens aus, zumindest trägt sie, dunkel lachend, mehrere Kartons
in das bereitstehende Auto einer Freundin. Dann
streiten die Eheleute, die Frau verfällt in ein flehendes
Greinen, desgleichen der Mann, und warum sie sich
dann vertragen, weiß keiner, und warum sie zwanzig
Minuten später wieder ihren Schrei-Gipfel erreichen,
auch nicht – die Freundin ist abgefahren. Niemand
zieht aus.

Nach zwei Tagen relativer Ruhe hat der Mann Ge-
burtstag. Er wird fünfzig Jahre alt. Man kennt und
mag sich ansonsten im Haus, deshalb gibt es ein nettes
Fest mit den Nachbarn. Die Frau schenkt dem Mann
ein Liegendfahrrad. Der Mann fährt sofort nach Er-
halt des Geschenks weg und bleibt fort.

Was war passiert?

Einfache Antwort: Kerstin hatte mir das Liegendfahrrad tatsächlich in hämischer Absicht geschenkt.
Sie hält mich für einen Spießbürger mit Geltungs-
drang, *Liegendfahrradfahrtyp* war ein Synonym dafür,
das wir einmal gemeinsam gefunden hatten. «Roland,
du bist ein Liegendfahrradfahrtyp», hatte sie mehr als
einmal zu mir gesagt.

Und nun, also damals, fuhr ich. Beschämt und verbittert zunächst. Dann fing ich an, es zu genießen. Ich schlingerte und keuchte nicht mehr, nein, ich fand meine Spur und lernte ein ganz neues Gefühl von Windschlüpfrigkeit kennen. Liegend, so schoss ich; Lebensqualität war durch einen hämischen Scherz in mein Leben geraten.

«Aus dem Schlechten», sagte ich heute Morgen zu Kerstin, «hat das Leben damals eine überraschende Biegung ins Gute genommen. Und kommen sie nicht sonderbar häufig vor, diese Biegungen in unseren Leben? Diese Spurwechsel an Stellen, die wir nicht ahnen? Zum Beispiel jetzt, da du mich verständnisvoll ansiehst – da du vielleicht verstehst, was ich meine?»

Im Nachhinein bin ich mir allerdings nicht mehr so sicher. Kerstin sah mich sehr lange an. Dann wünschte sie mir viel Spaß beim Fahren und ging.

3

Im Computerraum unseres Stationshauses fühle ich mich wohl. Es riecht angenehm sauber. Ich skype mit meiner Tochter Sylvia und mit meinem Sohn Steffen. Als Student der Geschichte in Aachen organisiert Steffen die dortigen Festivitäten zum Stadtjubiläum mit. Anschaulich erzählt er seiner Schwester und mir davon. Geschichte, sagt er, solle dort in Aachen begeh- und erlebbar gemacht werden.

«Du wirst dich mit deinen Fähigkeiten sicher gut einbringen», sage ich, habe aber leider Probleme mit der Verbindung. Ich bleibe abgeschnitten und bekomme entscheidende Teile nicht mit, und als ich dann endlich wieder drin bin im Gruppen-Call, möchte Steffen das Verpasste verständlicherweise nicht noch mal erzählen.

Ruhig schaut er mich aus der Höhle seines Call-Fensters heraus an. Der kurze gepflegte Bart, den er neuerdings trägt, lässt seinen Mund kleiner und unbeweglicher erscheinen. Von Sylvia weiß ich, er hat seit längerer Zeit eine Freundin. Stumm wünsche ich ihm, diese neue Ruhe, mit der er mich ansieht und die womöglich mit seiner Freundin in Zusammenhang steht, möge bleiben.

Schaue ich zu Sylvia, sehe ich eine Unruhe, die ich kenne; ich wünsche ihr, dass sie aus der ihren etwas macht.

«Klick auf die Kamera», sagt sie. «Wir sehen dich nicht. Du klickst dich immer weg!»

Wir lachen über mein Ungeschick.

Inzwischen ist es ein Ritual geworden, ja, es findet relativ regelmäßig statt: Alle drei oder sechs Wochen *callen* wir. Die Streitereien mit Kerstin und auch meine Krankheit hatten mich meinen Kindern gegenüber unaufmerksam werden lassen. Ich bin froh zu sehen, dass sich das wieder ändert. Kinder haben. Ein Zusammenhang, dem man sich immer wieder neu annähern muss.

Um den Gedanken noch mal aufzunehmen, sage ich: «Geschichte muss begeh- und erlebbar gemacht werden. Und vielleicht ist es mit der Familie genauso. Vielleicht muss man sich da immer wieder neu ... also ... einwählen.»

Und wir lachen über meine misslungene Formulierung. Das heißt, ich lache – meine Kinder schauen mich sorgenvoll an. Sie schauen, als wollte ich zu einer

Erklärung ausholen. Sie schauen, als würde ich andauernd in ermüdende Erklärungen abgleiten.

«Nicht ermüdend, verwirrend», sagt Sylvia.

Sie konnte schon immer ziemlich diplomatisch reden.

Im nächsten Moment fliegt die Tür auf. Meine Mitpatienten Arendt und Bobok marschieren rein. Sie sind ihrerseits zu einem Call nicht nur verabredet, sondern im Gegensatz zu mir auch eingetragen, wie sie mir mit einem Hinweis auf den an der Tür hängenden Internetraumplan anzeigen.

Jetzt bleibe ich in solchen Situationen für gewöhnlich gelassen. Aber Allergieklinikpatienten, also manche von ihnen, neigen zur Penibilität, und Bobok hält mir seine altmodische, überraschend deutlich stinkende Leder-Armbanduhr ins Gesicht, als würden die zitternden goldenen Zeiger beweisen, dass ich etwas fürchterlich falsch gemacht habe.

Der ganze Mann zittert, fällt mir auf.

Sie würden sich schon stauen, presst er heraus, er warte schon eine halbe Stunde!

Und es stimmt, dass ich aufstehe und seinen Arm wegschiebe, und das ist kein gutes Verhalten von mir. Aber dass Bobok und Arendt daraufhin verängstigt aus dem Raum hasten, ist meines Erachtens als Reaktion übertrieben.

Ich setze mich wieder. Es ist still. Ich hoffe, noch fünf Minuten mit meinen Kindern zu haben.

«Papa?»

Das habe sie nun berührt, sagen sie. Dass es mir doch so wichtig sei, habe sie berührt. Ich solle nur nächstes Mal den armen Mann, den Bobok, nicht schubsen.

4

Als Kerstin mich das erste Mal in der Klinik besuchte, setzten wir uns auf eine Bank im Park. Sie setzte sich an das eine Ende und ich an das andere, und etwas daran war wie früher, wie in den Nächten in der Küche, in denen wir uns nah gewesen waren, ohne alle Gedanken miteinander zu teilen.

«Das Kinn auf den angezogenen Knien», sagte ich.

«Genau so hast du damals auf der Küchenbank gesessen. Weißt du das noch?»

«Kann sein», sagte sie.

Sie trug eine Dreiviertelleggins; das Tattoo auf ihrer rechten Wade hatte ich lange nicht wahrgenommen. Sie habe einen Termin, um es entfernen zu lassen, erzählte sie.

«Das fände ich schade», entfuhr es mir. Denn auch wenn es stark verblasst war, und auch wenn sie es nicht mehr mochte, passte das Motiv noch zu ihr, wie ich fand. Es zeigte eine lächelnde und eine weinende Maske. Ich musste an all das Traurige in unserer gemeinsamen Zeit denken. An den Tod ihres Vaters. Den Tod meiner Eltern. Den Tod unseres ungeborenen ersten Kindes. Aber ich dachte auch an das Leben, an Streits und an Liebe! Ich dachte ans Flohmarktmachen. Ich dachte an das Mäusehaus unserer Kinder, das Kerstin und ich zu Weihnachten stets mit Tannenzapfen und Kunstschnee zum Weihnachtsmäusehaus umdekorierten.

Ich sagte mir, dass meine Ex-Frau Kerstin ein tapferes, halb lachendes und halb weinendes Tier war, wie sie da saß. Und dass ihre Ironie nur eine Maske war, eine Maske, die sie seit weniger als zehn Jahren trug.

«Mit zwanzig fandest du das Motiv toll», argumentierte ich. «Jetzt erscheint es dir veraltet, was ich nachvollziehen kann. Und es ist ja auch ausgebleicht. Aber steckt nicht noch etwas davon in dir?»

Sie sagte: «Nein». Denn erstens habe sie es sich nur stechen lassen, um gegen ihre Eltern zu rebellieren; das Motiv habe nie im Vordergrund gestanden. Und zweitens: Sie sei damals fünfzehn gewesen. Der Tätowierer habe sie gewollt und es ihr umsonst gestochen. Das sei neunundvierzig Jahre her.

«Übrigens ist es auch nicht ausgebleicht», sagte sie. «Sondern halb entfernt. Nach dem nächsten Termin wird man es endlich gar nicht mehr sehen.»

Ich ging mit dem Auge näher an ihre Wade. Tatsache. Sie trug die Dreiviertelhose, um Sauerstoff an die wunde Haut zu lassen. Creme glänzte kaum wahrnehmbar. Darunter war das Maskenmotiv halb entschwunden. Einen Geist verlangte es nach Auflösung. So sah es aus.

Ich lehnte mich zurück. Ich schaute in den Himmel. Schließlich stand ich auf und setzte mich rüber ins Patientencafé – und das war alles. Wir saßen einfach da, Kerstin und ich, und von Zeit zu Zeit winkten wir uns über den Rasen hinweg zu.

5

Vierunddreißig Jahre zuvor hatte ich alleine auswandern wollen, aber dann stellte sich heraus, Kerstin war schwanger mit den Zwillingen, mit Steffen und Sylvia. Wie froh bin ich heute, dass ich blieb und dass die beiden zur Welt kamen? Wie beglückend war es, die beiden die ersten Male lachen zu hören? Wie erstaunlich, sie im großen Bollerwagen der Kita sitzen zu sehen, jedes Kind für sich, Zwilling hin oder her, zwischen Mitkindern, gezogen in eine ihnen noch fremde, in eine rätselreiche Welt? Und wie erfüllend ist es, heute ab und zu mit ihnen zu callen?

Diese Fragen stellte ich Pepe Schwertens letzte Woche. Wie schon am Dienstag zuvor waren wir auf dem Weg zum Therapeutischen Musizieren. Er leitet das Angebot und hatte mir die Teilnahme empfohlen.

«Na ja, Roland», sagte er. «Wenn du es so erzählst, dann wird es wohl erfüllend sein.»

«Was jetzt?»

«Das Callen.»

Darüber musste ich einen Moment nachdenken. Es sei nicht erfüllend, aber sehr gut, verbesserte ich.

Wir betraten das gelb verputzte Häuschen am Rand der Anlage. Die anderen trafen mit uns ein, grüßten leise und suchten sich Instrumente aus dem Regal. Ich griff mir zwei Klangstäbe und setzte mich.

Ein mit Teppich ausgelegter Raum. Das Licht kommt indirekt. Es gibt Pflanzen. Die Stimmung – etwas verlangsamt. Ja, fast ein wenig verwunschen.

Zwei Patienten hatten gleichzeitig das Xylophon ergriffen und hielten es nun gemeinsam in der Hand. Pepe, eine Trommel um den Bauch gehängt, machte den Anfang, indem er der Trommel einen, wie ich fand, fragenden Klang entklopfte. Tapp tapp? Tapp ta-tapp?

Eine Frau, mit der ich Mitleid empfand, weil ihre Hände so rot und roh waren, hob akkurat ihre Triangel und produzierte schüchterne Töne. Ein Gong wurde geschlagen.

Während sich zaghaft Musik erhob, drängte sich mir die Vorstellung auf, in einem solchen Raum mit meinen Kindern zu musizieren. Als sei dies unser Gartenbaumhaus, als wären wir alle noch jünger. In meiner Vorstellung hatte ich Instrumente gekauft und musizierte mit meinen Kindern und mit ihren Freunden, deren Gesichter mir mit einem Mal wieder vor Augen standen. Warum war mir eine solche Idee damals nicht gekommen?

Sanft schlug ich die Klangstäbe gegeneinander.

Herr Michalski aus meiner Station, mit dem ich sonderbar mitfühlte, obwohl ich ihn kaum kenne, hob vorsichtig seine Rasseleier. Pepe kam daraufhin forscher mit der Trommel: Tapp-ta-tapp! Frau Walz von Station 3 schremmelte plötzlich auf einer Gitarre los, ohne Akkorde, sie hämmerte frei durch.

Dann wieder Stille. Ich musste schlucken. Die Menschen waren von einer überraschenden Schönheit.

Später im Park sprachen Pepe und ich weiter über Kinder. Er erzählte von seinem Sohn. Dieser lerne gerade gehen, er stolpere herum, als würde jemand aus Spaß die Erde schwankend bewegen. Herzerweichend sehe das aus.

Ich erzählte, dass ich mich, was meine Kinder betraf, noch gut an diese Phase erinnerte.

«Am Anfang», sagte ich, «scheinen alle Richtungen gleich richtig zu sein. Und überall gibt es anscheinend was zu sehen. Nur bergauf geht es noch nicht. Da fallen sie hin!»

Er unterbrach mich: «Wohin hast du damals eigentlich auswandern wollen?»

Ich musste einen Moment nachdenken, ehe ich mich an ein Jobangebot aus Antwerpen erinnerte. Es wäre in etwa dieselbe Arbeit gewesen, die ich ohnehin über weite Strecken meines Lebens verrichtet hatte, Abstriche nehmen und auf Kontaminationen prüfen, nur nicht für das Gesundheitsamt Köln-Kalk, sondern für eine Lebensmittelfirma in Antwerpen.

«Der Himmel weiß, was mich daran gelockt hat!»

«Vielleicht der Klang – Antwerpen!», sagte Pepe.

«Es gibt Städte mit weniger klingenden Namen.»

Und einen Moment später – wir waren auf der Anhöhe neben dem Pförtnerhäuschen stehengeblieben – sah ich meinen alten Bekannten Alexander Germ dem Bus entsteigen. Dort kam er also doch. Armaturenbrettgesicht. Vitalität. Frauentyp. Ihr wisst es! Und hager war er geworden, ein dünnster Mensch! Ah –

Aber natürlich irrte ich mich schon wieder. Natürlich war es eine unbekannte Person, die nicht mal in unser Gelände einbog. Das schmerzte mich plötzlich über alle Maßen. Dieses erneute, grobe Irren!

«Ich irre mich in einem fort», offenbarte ich dem

erstaunten Pepe. «Ja, die Realität ist die, dass ich überhaupt immer danebenliege!»

Er sagte daraufhin etwas sehr Seltsames. Er sagte, er sehe in meinen Augen *Gefühlsdisko*. Exakt diese Formulierung gebraucht meine Tochter manchmal: «Papa, schau nicht so! Jetzt hast du wieder Gefühlsdisko in den Augen.»

«Ja, das hast du mir doch erzählt», erklärte Pepe. «Das hast du mir doch alles erzählt! Und dein Sohn nennt dich manchmal *mansplainer*. Darüber habe ich übrigens nachdenken müssen. Ich glaub nicht, dass du das bist. Oder was denkst du selbst?»

Er sah mich milde an. Ich zuckte mit den Schultern.

«Bis später!», sagte er.

6

Von Zeit zu Zeit ärgere ich mich, wie wenig Kerstin und ich unsere Konkurrenzsituation damals, nach der Scheidung, reflektierten. Merkten wir nicht, wie albern es war, wenn wir darum wetteiferten, wen die Kinder lieber besuchten? Verglichen wir uns nicht immerzu? Grämte ich mich nicht bis zur Selbsterniedrigung über meine geringeren finanziellen Mittel – und beschenkte die Kinder umso großzügiger, um mich zu beruhigen?

Vielleicht spürten wir es sogar und machten dennoch falsch weiter. Nach einem Bruch ist es schwer, sich ein neues Zuhause zu schaffen. Ich selbst habe es nicht vermocht, denke ich manchmal.

Dann wieder, an lauen Tagen wie heute, wenn Licht und Schatten angenehm konturiert über der Anlage liegen, weht mich Selbstversöhnlicheres an. Das neue Schlafmittel bekommt mir. Das ewige innere Erklären, gerichtet an Unbekannte, nimmt ab. Über Kopfhörer höre ich den Resilienz-Podcast, den mir Pepe empfohlen hat. Ich höre Wörter wie *Demut* und sage mir: Unser Irrsal ist aufgehoben in einer Gesamtgeometrie. Von weit oben betrachtet. Wer weiß? Gras wächst, Blumen blühen. Noch immer.

Auf der Anhöhe bleibe ich stehen. Der Blick über den Rhein geht hier weit. Ich halte ihn kurz, ich schaue zu, wie meine Kinder aus dem Bus aussteigen. Im Kopf lege ich mir Sätze zurecht, zur Weltlage für

Sylvia, zum Thema Naturschutz für Steffen. Dann verwerfe ich die Sätze wieder. Es wären nicht meine.

Hinter den Kindern steigen Kerstin und ihr Neuer aus. Dahinter meine Schwester, die ihr Hündchen an der Leine hat und mit der freien Hand winkt.

Ich bin jetzt seit auf den Tag genau fünfundsechzig Jahren auf diesem Ball halbwegs zu Hause. Es ist besser, sage ich mir, du redest heute mal nicht.

WARUM SCHON WIEDER ZU WATAN?

Warum schon wieder zu Watan? Warum nicht bei Mike, Robert oder Knosi Gras kaufen? Einfache und einzig denkbare Antwort: Weil außer Watan in Bonn heute alle leer sind. Wir müssen also wieder in Watans Muffbude im zehnten Stock, wo es nach Hund riecht, obwohl er ja gar keinen hat. Und immer sind bei ihm die Rollläden runtergezogen. Angenehm ist das nicht.

Er sitzt am Klapptisch und wiegt das Gras mit seiner unpraktischen Handwaage, und dann tut er etwas dazu und wiegt noch mal, und auf dem Tisch liegt aufgeschlagen *Der Diwan* von Hafis, aus dem er hoffentlich nicht vorlesen wird.

Andererseits ist es egal, denn er redet sowieso. Und wir wissen auch schon, was kommt, nämlich die Sache mit den Holzsplittern, die seinem Vater unter die Fingernägel getrieben wurden. Und er wiegt und wiegt, und dann nickt er schelmisch, als käme jetzt ein Witz, aber er erzählt uns nur, dass sein Vater ein ganz Mutiger war, und er selbst auch, ein ganz Mutiger, er erzählt von den Flugblättern, die sein Vater ihm mitgegeben hat und die er heimlich in der Schule verteilen musste. Das haben wir schon tausendmal gehört. Er hat uns schon tausendmal das Symbol mit dem Stacheldraht und der Nelke aufgezeichnet, und jetzt fragt er uns, ob er uns vielleicht mal das Symbol der Kommunistischen Partei Persiens aufzeichnen soll? Wir fragen zurück, ob er sich an die Zeichnung vom letzten Mal erinnert. Er hört uns nicht zu!

Er beschreibt den Kinofilm, den er gesehen hat, als sein Vater angeschossen wurde. Und das kennen wir im Detail. Wir kennen die plötzliche Vorahnung, die Watan aus dem Kinosaal trieb, wir wissen, dass er seinen Vater dann verblutet zu Hause vorgefunden hat, auf dem Sofa, und dass sein Vater ein ganz Mutiger war, das hat er zuletzt vor zwei Minuten erwähnt. Wir sagen: «Wir wollen jetzt auf eine Fete, Watan, wir haben nicht so viel Zeit!»

Er fragt, ob wir *ein Teechen* trinken wollen. Und er kocht uns ein Teechen und redet über Frauen, und man könnte fast denken: Jetzt wird es besser! Aber wir

44

merken schon, wohin das führt, nämlich in Richtung seiner Tanten vom Kaspischen Meer, bei denen er samt seinem toten Vater untergekommen ist. Das waren wirklich mal schräge Ladys, das wissen wir schon, zehn dicke Frauen, die sich alle auf den Kopf klopften vor Trauer.

Und Watan lacht.

Watan lacht alleine vor sich hin, während er den Tee bringt und schon wieder beschreibt, wie sein Vater gewaschen und geschminkt im Keller lag, und wie ihn die Tanten alle zwei Tage mit Kampferöl einrieben, damit er frisch bliebe bis nach der Revolution, und wie man ihn dann doch schon vorher im Garten begraben musste. Es ist uns vom letzten Mal noch präsent.

Ja, wir überlegen, es selbst zu erzählen, wir überlegen zu sagen: Watan, du hast deinen Vater begraben! Und dann hast du dich am Kaspischen Meer rumgetrieben, wo die Frauen verhüllt ins Wasser steigen. Und du hast die kleine Asfael kennengelernt, die ganz anders war mit ihren kurzen Haaren. Du bist ihr durch die Felder gefolgt, vorbei an Granatapfelbäumen und Sperrmüllkühlschränken, und sie war fast wie ein Junge und hat sich auf Mauern gesetzt, und wenn sie küsste, dann war das ein Beißen.

Aber wollen wir das alles noch mal hören? Wollen wir noch mal hören, wie sie dann plötzlich weg war und wie die Polizisten kamen und dir in den Magen traten, weil sie euch beim Küssen gesehen hatten? Und wie du dachtest, dass man dich auf dem Schrottplatz an einem Kran aufhängen wird? Und wie Asfael später aus einem Kühlschrank kam und lachte, als hätte sie keine Angst gehabt?

Eher nicht, Watan. Wir wollen das eher nicht noch mal hören. Denn wenn wir ganz ehrlich sind, wenn wir mal in unser Inneres horchen, dann interessiert uns das zwar, aber eigentlich doch nicht so sehr! Zumindest nicht zum tausendsten Mal! Und warum bringst du jetzt gefüllte Weinblätter und machst schon wieder den alten Witz und nennst die Weinblätter *Evas Unterhosen*? Wieg doch lieber das Gras, Watan, wieg, bitte, das Gras!

Und Watan wiegt und schweigt. Eine halbe Sekunde. Dann redet er wieder. Wie er einberufen wurde und wie er mit Asfael die Flucht antrat. Aber Asfael hatte kein Geld und musste mit dem Chefschleuser schlafen, um mitzudürfen. Und wie sie dann durch ein Schneegebirge ritten und vor Erschöpfung halluzinierten. Wie er sich fragte, ob das Pferd vorwärts

46

oder rückwärts läuft. Wie alles voller Stacheldraht und blauem Schnee war und wie über den Bergdörfern Hubschrauber kreisten. Und wie er die Grenzsäule zur Türkei dreimal anfassen musste, um sich zu überzeugen, dass es sie wirklich gab.

Dazu atmet Watan. Und er wiegt auch, ja, er wiegt wirklich das Gras. Aber das Reden läuft weiter aus ihm heraus, es kommt aus seiner Unterlippe. Eines habe er uns ja noch nicht erzählt! Wie er die Krätze gekriegt hat, nämlich, sodass er sich mit einer Gabel die Brust blutig kratzte. Da waren sie schon in Istanbul, Asfael und er. Den ganzen Winter über saßen sie in einem winzigen Zimmer und warteten auf neue Pässe. Und er musste sich einen Bart wachsen lassen, der erst zum Fototermin abkommen sollte, weil die Haut darunter dann sehr hell und glatt ist, er sollte für das Passfoto jünger gemacht werden. Aber wo war die Krätze am schlimmsten? Im Bart! Es war ein einziges Jucken. Und dazu Asfael, die immer von ihm hören wollte, dass er sie liebe, und wie er ums Verrecken nicht aussprechen konnte, dass er sie liebte.

Ob wir das fertiggebracht hätten, fragt er uns. *Ich liebe dich* sagen in diesem winzigen, engen Zimmer? Wo die Rollläden immer geschlossen sind! Und wo der

Schleuser mit dem Essen nur unregelmäßig kommt! Und wo die einzige Ablenkung das türkische Fernsehen ist, das aber nur von sechs bis neun sendet und zwar hauptsächlich Liebesfilme, bei denen man gar nichts versteht. Nur Rababababab. Was wahrscheinlich *Ich liebe dich* bedeutet. Aber ob wir das unter diesen Umständen fertiggebracht hätten?

Und am Istanbuler Flughafenschalter, erzählt Watan, habe ein Beamter über Asfaels Passfoto gerieben. Dieser Typ habe festgestellt, dass das Foto ausgetauscht worden war. Und er habe ihr nicht helfen können, habe nur auf den Daumen des Beamten gestarrt und sei dann mit seinem Pass durchgewunken worden. Und da war sie schon abgehauen und für immer verschwunden, und er fand sich im Flugzeug wieder.

Aber das wolle er uns gar nicht erzählen. Dass er seitdem denkt, es wäre anders gekommen, hätte er nur *Ich liebe dich* gesagt. Wegen dem Butterfly-Effekt. Irgendwie, fühlt er, wäre es dann anders gekommen. Aber er habe es erst im Flugzeug sagen können, wo es sinnlos war, *Ich liebe dich*. So gegen das Fenster habe er es dann gesagt.

Und Watan wiegt das Gras. Er fragt uns, ob wir das nicht auch lustig fänden.

Und wir überlegen zu sagen: Eigentlich nicht. Vor allem nicht, weil wir schon davon träumen!

Aber bevor wir etwas sagen können, sagt er: «Ach, die Waage spinnt. Ich geb es euch heute so.»

Und das ist gut. Das ist mal ein Wort. Wir bedanken uns. Wir brechen auf zur Fete. Und Watan fragt noch, ob er mitkommen kann, aber wir sagen: «Leider, nein. Weil, das ist eine private Party. Das verstehst du sicher?»

Und er sagt: «Versteh ich», und kommt dann trotzdem noch mit. Weil er zum Kiosk will. Das sei die gleiche Richtung.

Aber nachdem wir uns am Kiosk verabschiedet haben, merken wir, dass er uns weiterhin folgt. Immer wenn wir uns umdrehen, bewegt er sich irgendwo im Schatten, und wir haben ein ganz komisches Gefühl, als wir schließlich unten am Rhein ein paar Mädchen treffen, denen wir Gras mitbringen. Sie sehen uns an, scheinen sich aber gar nicht für uns zu interessieren, eigentlich recken sie nur die Köpfe und fragen: «Was kommt euch denn da hinterher?»

Und wir sagen, das ist Watan. Wir kaufen sein Gras.

DYNAMITFISCHEN

Dein Name ist Thoai. Du bist der Sohn eines Fischers, und du lebst in Makassar, Indonesien. Segelohren. Blaues Hemd. Leise Stimme. Angenehme, inwendige Männlichkeit. Dein Tag beginnt damit, dass du barfuß durch den Schlick zu den Stegen am Hafen stapfst. Du machst dein Boot los, setzt dich auf die morsche Holzbank und leckst dir über die salzigen Lippen. Schaust ins Morgenglühen, das wie ein orangefarbenes Gehirn am Horizont steht. Machst ein Foto davon, weil das echt seltsam aussieht. Postest es auf Instagram und schreibst *brain* darunter. Ergreifst die Steuerpinne und wirfst den tapferen alten Mercury-Außenbordmotor an. So weit.

Siehst du, wie der Müll im Sonnenschein wogt? Siehst du, wie dich der Fremde, der bei dir im Boot sitzt, angestrengt anschaut? Und in seinen Notizblock kritzelt? Als wolle er dich zeichnen?

Groß und langnasig ist er. Plusterhose. Anglerhut auf dem Kopf. Er schreibt für ein deutsches Online-Magazin, hörst du, und dann fängt er gleich an, seine vorbereiteten Fragen rauszuschießen:

1. Amerikanische Trawler fischen die Küste leer. Was bedeutet das für diese Stadt?

2. Wo finden die Revolten statt, von denen er gehört habe? Wer sind diese Männer, die sich mit Dynamit gegen die amerikanischen Trawler wehren?

3. Bricht hier bald ein Bürgerkrieg los? Angeführt von diesem Revolutionär namens *Robbenmann*? Kennst du den?

Du lächelst. Du machst ein undurchdringlich freundliches Gesicht. Diese Geschichte von wegen Revolte stand in irgendeiner Zeitung. Seitdem redet alle Welt davon. Du weißt nicht viel darüber. Aber um hinterher die Hand aufhalten zu können, ist es wichtig, die Tour in die Länge zu ziehen. Daher:

Regel Nummer 1. Warm durch die Neugier der Gäste hindurchlächeln.

Regel Nummer 2. Immer alles machbar erscheinen lassen.

Regel Nummer 3. Harmonie, Harmonie, Harmonie!

Wenn der Gast grimmig wird, wirst du noch leiser und netter.

Deine Freundlichkeit ist es auch, die dir gebietet, den Motor abzustellen. So kannst du die Fragen besser hören. Biete dem Fremden salzige, leider nass gewordene Bananenchips an. Versuche, ihn für das wenige zu interessieren, das diese Bucht zu bieten hat. Zeige auf einen Ziegenkadaver, der vorbeigetrieben wird; er ist von den Faulgasen lustig aufgebläht, ist das nicht interessant? Wäre der Deutsche später noch an einer Besichtigung des Schlachthofs interessiert?

«Nein.»

Seinen Namen hat er genannt, aber es ist einer dieser Namen, die man sofort wieder vergisst. Er fragt dich, ob deine Familie sehr konservativ sei, und wenn ja, auch mit Schlägen? Er fragt, wie konservativ diese Dynamitmänner dächten; handle es sich um religiöse Märtyrer oder eher um Verzweifelte, die ihren Job verloren haben?

«Das weiß ich nicht. Vielleicht finden wir es heraus!»

Was das heißen solle. Hier seien doch antiamerikanische Dynamitrevolten am Brodeln, oder?

«Nun, es gibt einige Alte, die wieder Dynamit zum

Fischen nutzen. So viel kann ich Ihnen sagen. Wir sollten nun gleich zusammen rausfahren und selber schauen.»

Der Motor ist nach wie vor aus. Die erste halbe Stunde bald rum.

Es stinkt nach Müll, weil der Fahrtwind fehlt.

«Warum fahren wir eigentlich nicht weiter?», fragt der Mann.

Also tut ihr das.

Am Strand einer Insel steht der neue Bürgermeister, Unggul. Er wird größer und größer und ist dann plötzlich Teil der Kommunikationssituation, die weiterhin klemmt. Er trägt einen schwarz-goldenen Jogginganzug mit dem Aufdruck *Häagen-Dazs*. Neben ihm türmen sich Müllsäcke, zur Abholung bereit. Auf dem Festland gibt es neuerdings Geld dafür.

Eigentlich ein gutes Thema, der Müll. Alles, was ein Problem ist, interessiert den Europäer, ja, so viel hast du inzwischen herausgefunden.

Aber der Deutsche schüttelt den Kopf und sagt: «Über das Müllproblem wurde alles schon geschrieben!», während er Unggul die Hand schüttelt und nun ihn nach den Dynamitrevolten fragt.

Unggul muss sich erst mal vom Schraubstock-Handschlag des Deutschen erholen. Weil es hier zu wenige Touristen gibt, ist Unggul das Händeschütteln nicht gewöhnt: In seinem Körper wohnt das Verbeugen, konzentriert muss er es unterdrücken.

Du nimmst dir vor, ihm Nachhilfeunterricht zu geben.

Regel Nummer 1. Die Körperlichkeit der Touristen verstehen! Sie gucken dir permanent zu tief in die Augen. Sie bewegen beim Sprechen ihre Gesichter, als hätten sie etwas Heißes im Mund. Wenn du das Gefühl hast, sie schlagen gleich zu, ärgern oder freuen sie sich nur.

Regel Nummer 2. Selber laut sprechen! Selber hart die Hand geben! Das neutralisiert.

Regel Nummer 3. Wenn es irgendwie geht, Aussagen in Unterpunkte zerteilen, zack-zack-zack, es muss immer zackig, am besten dreizackig klingen, der Himmel weiß, warum.

Während Unggul den Deutschen um die Insel führt, spricht er aber auch ohne Nachhilfe schon recht flüssig. Es habe tatsächlich mal einen Dynamitanschlag auf einen Trawler gegeben. Vor fünf Jahren. Der Trawler sei kaum beschädigt worden. Der Attentäter schon, nämlich er sei tot. Wobei manche behaupten, dass er nur die Arme und Beine verloren habe und nun mit flossenartigen Stümpfen weiterlebe. Als Robbenmann.

«Und genau diesen Typen muss ich treffen, der ist meine Story!», ruft der Deutsche.

Woraufhin Unggul signalisiert, ja, da könne er wahrscheinlich helfen. Aber erst mal entschuldige er sich. Erst mal gehe er nun (in aller Ruhe) beten.

Perfekt. Damit, weiß er, hilft er dir beim Dehnen der Tour.

Später – die Sonne steht schon hoch über den dürren, zotteligen Palmen – geht der Deutsche hin und her und demonstriert durch Zischgeräusche seinen Groll über das Warten.

Plötzlich hörst du deine Stimme. Du hörst, wie du einsteigst in diese Form des Stimme-Benutzens. Und du erschrickst ein bisschen über deine eigene Rede. Vielleicht ist es deine Guide-Tätigkeit, die dich so groll- und grimmbereit hat werden lassen? Die dich unversehens so ungeduldig macht wie die, die du beguidest.

Es seien die Gene, hörst du dich sagen. Die Gene

zwängen die Makassaren ins Langsame und Passive. Deshalb brauche man hier auch keinem mit Demokratie zu kommen. Wenn ein Bürgermeister stirbt, beispielsweise, sei es ein Krampf, einen neuen zu wählen. Die Leute sagen, ein Bürgermeister bringe doch nichts, so was entfache nur Streit. Und wenn die Jüngeren darauf beharren, stimme man lustlos per Handzeichen ab. Eine Bewerbungsrede hält keiner, stattdessen heißt es beispielsweise: Ach, da vorn steht doch Unggul. Den mögen wir. Der kann doch nicht mehr rausfahren, wegen Bandscheibenvorfall. Nehmen wir den, warum nicht, und Unggul ist Bürgermeister.

Ungguls Frau kommt dazwischen. Sie bringt einen Plastikteller voll gesalzener Früchte, von denen der Deutsche sagt, dass er sie nicht identifizieren könne. Dennoch nimmt er seinen Anglerhut ab und sagt laut in ihr Gesicht hinein, so wie man in einen Trichter spricht: «THANK YOU VERY MUCH. I WILL EAT YOUR FRUITS LATER.»

Und die Grundschulkinder kommen aus der Schule gelaufen, sie umringen den Deutschen, wickeln sich um seine Beine, haken sich links und rechts bei ihm ein, um Fotos zu machen.

Der Deutsche friert lächelnd fest, er begreift nicht, dass er sich aktiv lösen muss, wenn er die Kinder loswerden will. Foto-foto-foto-foto, Foto mit weißem Kumpel, Instagram, Pinterest, Facebook, Daumen hoch.

Anderthalb Stunden sind rum, als Unggul auf seinem Honda-Moped zurückgebrettert kommt. Er trägt jetzt sein gutes Hemd mit den kleinen gelben Blumen. Vom Gepäckträger steigt ein mitteljunger Mann mit Dreitagebart, im Businessanzug.

«Leute», sagt Unggul. «Das ist mein Cousin Eko, der in Seattle wohnt!»

Gute Entwicklung für dich, denn alles Überraschende wirkt sich dehnend aus. Allgemeines Händeschütteln. Auch Unggul und der Deutsche begrüßen sich noch mal, schütteln diesmal ziemlich flott.

Eko erklärt, er wolle hier helfen. Im Allgemeinen und in Bezug auf den Deutschen. Heute Abend werde er ihm die Dynamitfischer vorstellen, und die könnten ihn dann zum Robbenmann führen. Er schlage vor, sich auf der Party zu treffen, die er anlässlich seines Heimatbesuchs ausrichten werde. Als Vermittlungsgebühr möge der Deutsche hundert Dollar mitbringen, die Eko dann aber für gute Zwecke an Unggul weitergeben wolle.

«Alle Anwesenden sind herzlich eingeladen!» Es ist Unggul, der das, eine Hand neben dem Mund, von hinten ruft. Die Kinder fotografieren in alle Richtungen.

Der Deutsche sagt, er wolle 1. diesen Typen. 2. Ein Foto. 3. Ein Exklusivinterview.

–

Dein Name ist Frank. Du bist der Deutsche. Es ist Abend geworden. Du befindest dich hinten auf einem Motorrad, auf dem sich vorne dein Guide, Thoai, befindet, der sich schon den ganzen Tag aufopferungsvoll um dich kümmert. Versuche, das Adrenalin zu genießen und keine Angstschreie rauszulassen, während ihr über die Strandpromenade heizt!

Trillerpfeifen, Hupen, entgegenschießende Scooter – Thoai ist das sicher gewohnt und gibt acht, oder nicht? Ihr beschleunigt. Ihr schreddert an ineinander verwachsenen Lehmhäusern vorbei, an Bananenbäumen und Plastikzeugshops. Eine Minarett-Fabrik sieht aus wie ein Miniaturstädtchen aus Märchentürmen. Es geht so scharf in die Kurve, dass dein Knie fast den Boden berührt. Frauen mit wehenden Kopftüchern knattern telefonierend auf ihren Mopeds vorbei. Ein einhändig rasender Mann hält ein Kind.

Halt dich fest.

Befinde dich ganz in dem Helm, den Thoai dir überlassen hat! Tu etwas, das so ähnlich ist wie Beten. Oder, noch besser – bete!

Am Zielort wird dir mit einem Plopp-Geräusch der Helm vom Kopf gezogen. Ein Schwall heißen Schweißes läuft in deinen Nacken. Um euch herum summt die karamellsüße Dunkelheit eines mit wegweisenden Lampions geschmückten Gartens. Thoais bartloses, sanftes Gesicht ist dir inzwischen vertraut; er geht in einer Entspanntheit voraus, als hätte er gerade ein Nickerchen gemacht.

Im Schein einiger Fackeln sitzen Menschen auf Teppichen. Andere tanzen oder hocken in einem großen aufblasbaren Pool. Kopftücher, bunte Gewänder, Bikinis, Krawatten, alles gemischt, nur die Gesichter scheinen alle dieselbe Temperatur zu haben: tiefenentspannt-warm.

Man schaut dich an, als habe man dich erwartet,

aber da ist niemand, der sich persönlich vorstellt, es ist, als sei das unnötig, weil alle Teil derselben Wesenheit sind. Oder ist das nur eine Oberfläche, die nichts verrät? Hast du es in Wirklichkeit mit beinharten Individualisten zu tun?

Ein junges Mädchen stupst dich an, zeigt auf einen Leuchtkäfer und sagt: «Lampyris noctiluca.»

Du setzt dich hin und staunst über das tennisballgroße schwebende Tier. Die Baumkronen gleichen Pflanzen, von der Strömung bewegt.

«Soaptrees», erklärt das Mädchen, das sich als Dwy vorgestellt hat. Dwys Augen glänzen vom Licht der Kerzen, die auf bronzefarbenen Tellern stehen. Sie zerreibt Rinde zwischen den Fingern und hält sie dir unter die Nase.

Du riechst Balsam, es sind Balsambäume.

Sie fragt, ob du Alkohol willst, wie ihn ein paar der Männer dort drüben trinken? Ja, der Deutsche wolle Alkohol, heißt es plötzlich von mehreren Seiten. Und aus der Gruppe heraus wandert ein Pokal voll Kaffeelikör zu dir, und du trinkst und sagst, um etwas zu sagen, im Supermarkt kriege man ja seit Monaten keinen Alkohol mehr.

Die Gruppe nimmt das Thema auf, die eine Hälfte

begrüßt das Gesetz, die andere nicht. Also doch unterscheidbare Meinungen! Wenn auch superweich vorgetragen.

Vielleicht ist aber diese Dwy eine Rebellin? Elf Jahre alt. Perfektes Englisch. Sie spricht so reflektiert, dass du meinst, es mit einer fünfzigjährigen Psychologin zu tun zu haben. Die Antworten der Erwachsenen, die sie übersetzt, langweilen sie.

Nach einer Weile rückt sie näher heran – kreisrundes Gesicht in orangefarbener Kopftuchhülle – und fragt, wie das denn sei als Atheist, wie sich das anfühle, ohne Gott zu leben?

«Weiß ich jetzt nicht», sagst du.

Aber vielleicht ist das mein Thema?, fährt es dir ein. Vielleicht bist du deshalb seit drei Jahren Südostasienkorrespondent von Nichts-Bestimmtem? Vielleicht bist du deshalb immer schon Single und auch Säufer? Vielleicht deshalb als Autor unnötig ambitioniert – aufgrund eines Gottes, der fehlt?

Du stellst ihr Fragen zum Beten. Sie sagt, sie bete nur für sich, sie glaube an die konkrete Praxis. Du müssest dir das als eine Konzentrationsübung vorstellen. Beten strukturiere, beten sortiere. Gott könne man sich dabei auf die unterschiedlichsten Weisen vorstellen. Warum du es nicht auch mal probierst? Du könntest es gebrauchen.

«Weiß ich jetzt nicht.»

Als Thoai mit einer Portion Chicoréesuppe zurück ist, betet ihr zu dritt. Es fällt nicht auf, eine kleine Gymnastik unter den Seifenbäumen. Und als du gerade so richtig drin bist, suffweich, interkulturell beseelt, auch etwas schwindlig von all der Freundlichkeit, beginnt der Geschäftsmann Eko aus Seattle schnarrend in ein Headset-Mikrofon zu sprechen.

«INNEN UND AUSSEN! GESTERN UND MORGEN!»

Er geht auf einer kleinen Bühne hin und her; wie ein amerikanischer Präsidentschaftskandidat behält er eine Hand in der Hosentasche, reibt sich mit der anderen über den hier untypischen Dreitagebart.

Dwy ist genervt von ihm – von ihrem Vater. Aber sie übersetzt seine merkwürdig wilde Rede.

Ihr Vater wolle die Dummheit zerstören. Er wolle das Bildungsdefizit bekämpfen. Er fordere zur Teilnahme an einem Online-Diskussionsforum auf, das er ins Leben gerufen hat. Wie in den Jahren davor, wenn er von Seattle nach Hause kam, hat er einen Karton voller Smartphones für die Kinder dabei.

«GREIFT ZU! SCHREIBEN UND LESEN! OS-
TEN UND WESTEN!»

Überall sind jetzt Smartphones, auf denen ein bun-
tes Intro leuchtet. Es ist das Intro des Quiz-Games,
das Ekos Firma mitentwickelt hat. Spielt man es er-
folgreich durch, hat man nicht nur einiges gelernt,
sondern auch die Chance auf ein sechsmonatiges Sti-
pendium bei seiner Firma in Seattle gewonnen.

«ICH BIN, WAS ICH BIN, UND ICH STAMME,
WOHER ICH STAMME. MEINE WURZELN TRA-
GEN MICH INS LICHT», ruft er großartig.

Dwy sagt zu dir, bei der App handle es sich um ein
Bildungsförderungstool, basierend auf dem Prinzip
der Gamification. Das sei so ein Zukunftsbegriff.

«Und nun bittet er dich auf die Bühne.»

«Auf die Bühne.»

«Ja. Du musst hoch.»

Du gelangst hin, wie, weißt du nicht. Nass geschwitzt blickst du in die vielen kleinen Äuglein hinunter. Eko legt einen schweren Arm um dich und
erklärt, du seist gekommen, um Dynamitfischer und
Rebellen zu sehen. Du hieltest Makassar für einen
Ort voller Terroristen! Makassarische Dynamitterro-
risten suchtest du! Das finde er witzig, weil doch die

meisten Anwesenden bei einem der Lebensmittel-
konzerne angestellt seien, denen die Trawler gehören.
Man sei hier dankbar für die Jobs, die Infrastruktur
und, zum Beispiel, auch für das neue Krankenhaus.

«Mein Freund, glauben Sie, auf den Trawlern ar-
beiten Amerikaner?»

«Weiß ich jetzt nicht.»

Deine Schulter friert, als er seinen schweren Arm
von dir löst. Er sagt, er wolle die Gelegenheit zu einer
Umfrage nutzen. Jeder der Anwesenden solle sich für
eine von zwei Möglichkeiten entscheiden:

1. Man ist ein Fischer und kommt nie aus Makassar
raus.

2. Man hat ein Ausbildungssystem, plus einen Ar-
beitsplatz, plus Aufstiegschancen, plus die Möglichkeit zu reisen. Wie auch die Möglichkeit, hierzublei-
ben, wie es seine Töchter ja für sich ausgewählt hätten,
sagt er mit einem Blick zu Dwy, die Möglichkeit, kein
Geld vom Vater zu nehmen. Und auch die Möglichkeit,
sich angeregt mit einem Deutschen zu streiten, wie
hier und heute, hahahaha!

Und die Insulaner stehen auf und rufen irgendwas,
1 oder 2. Und Eko überreicht dir überraschend hundert Dollar. Er sagt, das seien nun zweihundert Dollar

mit den hundert, die du ihm zahlen wolltest. Du könnest die ganze Summe behalten oder, beispielsweise, dem Krankenhaus spenden. Jedenfalls wissest du nun: Die Menschen von Makassar sind berühmt für ihren Humor, Revolutionäre seien sie nicht.

«VIELEN DANK», sagst du zu laut in das Head-Mikro, das er dir zu diesem Zweck hingedreht hat.

Während die Leute klatschen, schaffst du es irgendwie von der Bühne. Eko macht einen Diaprojektor an, um Statistiken zu zeigen, die mit seinem Game zu tun haben, jedoch die Leute, wenn du das richtig siehst, nicht interessieren. Am anderen Ende des Gartens wirft Dwy die Karaokemaschine an.

—

Schau: Jetzt bist du Dwy und zeigst dem Deutschen doch noch die Dynamitfischer, einfach, weil das sein Wunsch war und weil Helfen etwas Gutes ist. Dein Vater mit seinen Reden und seinen schlichten Scherzen hat sich von Gott entfernt, seit deine Mutter nicht mehr lebt. Aber Gottes gute Bühne ist noch da. Diese Nacht. Dieses Meer.

Du steuerst Thoais Boot in die Bucht, in der die

Fischgründe beginnen. Du bleibst im ersten Gang, die Küstenwacht soll euch nicht hören.

Der Deutsche und Thoai diskutieren leise und betrunken miteinander. So suspekt dir der Wunsch ist, betrunken zu sein, so spaßig ist es, Betrunkenen zuzusehen.

Thoai steht auf, fummelt ein Netz aus dem Bootskasten. Er wirft es aus und will beweisen, dass er das Fischerhandwerk noch immer beherrscht. Und was zappelt kurze Zeit später im Netz? Eine fette Moräne, muskulös wie des Deutschen Unterschenkel. Gekonnt und mit stolzer Geste drückt Thoai die Moräne am Hals zusammen, die feinen Zähne stülpen sich aus. Der Deutsche erschrickt; Thoai schleudert das Wesen, das im Mondschein glänzt und zappelt, über Bord.

«Auch hässliche Tiere lieben ihre Kinder.»

Die beiden sehen dich an und nicken ehrfürchtig. Als wärst du die Nobelpreisträgerin Malala Yousafzai. Dabei hast du nichts Besonderes gesagt, nur ein Gedanke, den du als Kind einmal hattest, beim Betrachten von Vogelspinnen. Wenn das Spinnenbaby die Spinnenmama anguckt – dann wird es ein haariges Lächeln voller Wärme sehen und acht liebende Augen.

Aber wohnt eine große Klugheit in dieser Idee?

Es geht dir oft so, dass du etwas beiläufig sagst, und die Leute sehen dich ehrfürchtig an. Vielleicht bist du nicht dumm. Aber du willst keine Nobelpreisträgerin werden, sondern Lehrerin.

Da ist der Nachthimmel mit seiner Weite, in der Sternfamilien wohnen. Da ist ein heller Schwarm Pyramidenfische, ganz nah am Boot. Da ist –

«Ein Tiefseeschwamm!», ruft der Deutsche.

Wahr ist: Thoai hat wieder etwas gefangen. Zwiefach jedoch wird für immer das Wesen dieses Etwas bleiben. Tiefseeschwamm oder Müll. Thoai hat es wieder ins Wasser geschleudert, ohne darauf eine Antwort zu haben.

«Tiefseeschwämme werden fünfhundert Jahre alt», sagt der Deutsche.

«Das stimmt», sagst du. Und, etwas belehrend: «Plastik auch!»

Langsam nähert ihr euch dem Ziel. Die beiden Männer saugen konzentriert an ihren Zigaretten. Thoai hantiert mit der Taschenlampe, und im Lichtkegel leuchtet ein gelbes Kopftuch auf.

Deine Schwester Irma! Sie ist ebenfalls mit Touristen unterwegs, mit zwei Jungs, die aussehen, als hätten sie sich schon in sie verliebt. Es liegt ja auch nahe, bei Irmas großen Augen unter den vollen Augenbrauen. Niemand hier ist schöner als sie.

Du erkennst: Sie lässt ihnen gerade eine ihrer Ansprachen angedeihen. Das hat sie von eurem Vater, nur dass es bei ihr streng religiöse Ansprachen sind. Du liebst sie. Sie ist deine Mutter und deine Schwester. Nur etwas moderner könnte sie manchmal sein. Ist es ihre Schönheit, die sie zu dieser Strenge zwingt?

«Dies ist meine Schwester mit zwei Touristen. Die wollen wohl auch die Dynamitfischer sehen.»

«Die kenne ich vom Haifischtauchen!» Der Deutsche schnipst fröhlich seine Zigarette ins Meer. «Die haben mich überhaupt auf das Dynamitfischen gebracht. Shawn und Jean oder so.»

Irma hat euch gesehen und rudert heran. Sie stellt ihre Jungs vor, einen Jon und einen Joel. Beide tragen die roten Regenjacken, die vor einem Jahr zu Hunderten in Plastikkisten angeschwemmt worden waren und die Irma seitdem auf dem Hafenmarkt verkauft, um eigenes Geld zu verdienen.

Jon und Joel strecken ihre Hände über den Bootsrand. Der Deutsche, Thoai und du, ihr schüttelt diese Hände. Die Geste des Händeschüttelns stellt deines

Erachtens eine Gleichheitsbehauptung dar, in der bereits die ganze Ungerechtigkeit der Welt enthalten ist. Der Reiche schüttelt dem Armen die Hand und sagt: Wir sind gleich und haben die gleichen Chancen. Wenn es dir also schlecht ergeht, musst du höchstpersönlich etwas falsch gemacht haben, my dearest friend!

Du verstehst gut, dass Menschen wie Unggul die Verbeugung vorziehen. Früher war der kleine Mann als kleiner Mann respektiert, er verbeugte sich vor dem Chef; zusammen und auf Socken verbeugte man sich in der Moschee vor dem Größeren.

Heute bekommt Unggul von Leuten wie deinem Vater ein Handy geschenkt, und Bürgermeister ist er auch, alle Welt schüttelt seine Hand – aber er bleibt Unggul, der eigentlich nur seine Moschee will und seine Frau.

Irma sagt, fröhlich und raumgreifend, sie sei gerade im Begriff zu erklären, wie glücklich sie jeden Morgen den Tag beginne. In Gott. Ein Thema, auf das du, so von Boot zu Boot, wirklich verzichten kannst.

«Der Robbenmann», sagt Jon plötzlich. «Wie atmet der, wenn er unter Wasser lebt? Sind ihm Kiemen gewachsen?»

Gute Frage. Da ihr momentan nun mal in der Tourismusbranche arbeitet, müsstest ihr so was eigentlich beantworten können.

Der Himmel hellt sich bernsteinfarben auf. Die Sonne kommt mit Macht. Während ihr weitertuckert, ist im Wasser ein explosives Vibrieren zu spüren. Vier winzige Silhouetten sind in der Ferne auszumachen. Je zwei Silhouetten in einem Boot.

«Aha», sagt Irma und kommt zurück zum gemeinsamen Thema. «Die Fischer haben wohl gerade eine erste Ammoniumnitrat-Sprengung durchgeführt. Jetzt zerreiben sie die toten Fischchen, die an der Oberfläche treiben. So stellen sie einen Lockbrei für die großen Fische her.»

«Für den Robbenmann?», fragt der Deutsche.

«Thunfisch», sagt Irma. «Dort drüben bei der Kolke.»

Ihr fahrt näher heran. Der Lockbrei schimmert grünlich auf dem goldenen Wasser. Die Fischer sind zu konzentriert, um euch zu bemerken. Die Lunte einer Zündkapsel zieht im Flug einen Rauchbogen durch die Luft. Du spürst das Grummeln des Wassers in deinem Magen. Fische ploppen hoch.

Es sind leider nur Bockfische, erklärst du deinen Leuten, Thunfisch wird rar.

«Brauchen Sie», fragt Irma den Deutschen, «eine nagelneue Regenjacke zum kleinen Preis? Oder drei zum Preis für zwei?»

Der Deutsche verneint. Irma wendet, und das Ruderboot gleitet erstaunlich schnell von euch fort. Der Deutsche, Thoai und du, ihr schaut erstaunt hinterher. Die Regenjacken der beiden Touristen, die sich im Gegenwind aufplustern, wirken wie Segel.

Thoai setzt sich neben dich, und du spürst seine Wärme, riechst allerdings auch seinen Alkoholatem. Der Deutsche bedankt sich herzlich bei dir. Er fotografiert in alle Richtungen. Er fragt, wie deine Schwester heiße.

Neue Tage beginnen.

Viel später wirst du tatsächlich einmal einen Robbenmann sehen, in Gestalt eines an Armen und Beinen amputierten Leprakranken, der sich keine vernünftige Behandlung leisten konnte. Als Ärztin im Krankenhaus wirst du ein erfülltes Berufsleben haben. Heilen erscheint dir letztlich doch dringender als Lehren. Dem betriebsbedingten Zeitdruck hältst du stand. Bei der Morgenvisite wirst du zackig, aber auch herzlich auftreten:

1. Anamnese.

2. Untersuchung.

3. Kurzes Gespräch über das Suchen und Finden des Glücks.

EINBLICK

Paul Arndt klopfte neben sich auf das Ehebett. Beate Zimmermann war ihm nach kurzem Zögern ins Schlafzimmer gefolgt. Nun nickte sie, als handle es sich nur um einen weiteren Raum im Zuge der Hausführung, als habe er sich nicht soeben seiner Hose entledigt. Sie unterdrückte ein Husten. Dann saß sie neben ihm auf dem großen, nach fremdem Waschmittel riechenden Bett.

Seit zwanzig Jahren waren sie Nachbarn. Seit zwei Jahren sie und seit einem halben Jahr er: verwitwet.

Sie sahen aus dem Fenster. Dort gab es allerdings nichts zu sehen. Nur ein Viereck Nacht.

«Hier haben du und die Anke also euren Hannes gezeugt», sagte Beate nach einer Weile, erschrak über ihre Forschheit und schickte eine Entschuldigung hinterher. Das Bier hätte das wohl bewirkt. Und dazu der zwanzig Jahre alte Grappa.

Paul antwortete, nein, schon gut, es sei doch wahr. Und dann sagte er lange nichts. Und dann: «All so was ist ewig her ...»

Er nahm ihre Hand und legte seine beiden Hände um ihre. Sein Lächeln war mild, fast religiös erschien es ihr, weil es ein Stück an ihr vorbeiging und vollkommen unbekannt war. All die Jahre war er der zurückhaltende Professormann von nebenan gewesen. Und nun?

Nun beugte er sich runter und pellte die Socken von seinen Füßen, die wie blinde, alte Meerestiere aussahen.

«Ja, das macht der Grappa», kam es leise und fast ohne Stimme aus ihm heraus.

Sie sah dorthin, wo sein Hemd endete. Ein ganz unaufregendes Hemd. Hellblau. Dann blickte sie schnell zum Nachttisch, auf dem er seine dicke, dicke Brille ablegte. Paul Arndt. Professor für Chinawissenschaften. Oder Ähnliches. Das genaue Wort entfiel ihr immer. Paul Arndt, Halbglatze. Leichter Seifengeruch.

Seit Wochen schon war ihr ein Ziehen aus dem Nachbargrundstück aufgefallen, ja, ein ungewöhnliches Ziehen. Oder ein Sog, dem sie heute nachgekommen war, indem sie geklingelt hatte. Aber nie, nie hätte sie das für möglich gehalten.

Der Grappa ist es, dachte sie. Bernd hatte ihn den Arndts damals zum Einzug geschenkt.

Als Paul Arndt das Hemd aufknöpfte, zupfte sie die Bluse aus der Dreiviertelhose und schlüpfte aus den Gast-Puschen.

Er stand auf. Stumm verharrte er im Halbdunkel. Gesicht abgewandt. Übertrieben behaarter Bauch. Was machte er? Er stand wie eine Stehlampe einfach da! Sie unterdrückte ein Kichern, als sie sein Ding in der Unterbuchse wachsen sah, seinen Penis, der wie ein Aufbackcroissant anschwoll. Gute Güte.

Scheinwerferlicht glitt durchs Zimmer und arbeitete das Bauchhaar tiefschwarz heraus, dann fuhr das Auto weiter, und Beate fröstelte es.

Zu Hause in der Garage hatte sie ein Buch, fiel ihr ein, ein Aufklärungsbuch vom Ende des neunzehnten Jahrhunderts. Sie erzählte es, um weiterzukommen. Dort, in dem Buch, sagte sie, werde das weibliche Geschlecht doch tatsächlich mit dem Pseudonym *Susanne* benannt.

«Ich habe eine Susanne!», lachte sie. «Der Grappa ...»

Er schlug die Augen auf, so plötzlich, dass sie erschrak.

Später küssten sie sich. Er war ein akzeptabler, langsamer Küsser. Heimlich öffnete sie die Augen, um zuerst sein Ohr – nichtssagend, unschön – und dann das Innere des Schlafzimmers zu betrachten. Chinesisch sah hier nichts aus. Wissenschaftlich auch nicht. Dröge evangelisch wirkten die Gebilde aus Kork und Stroh und Ton auf dem Fensterbrett. Ernst das ganze Haus und etwas langweilig, zumindest für ein ganzes Leben. Der Schnitt des Schlafzimmers war exakt der ihres eigenen.

«Ich würde gern die Türe schließen», sagte er plötzlich, und Beate hatte das Gefühl, etwas Braves sagen zu sollen, und sagte daher: «Das wäre mir auch sehr recht.»

Er schloss die Tür. Sein Gesicht wirkte wie nach innen hin zerknautscht. Sein Gesicht – es sah aus, wie sich das Geräusch anhört, das einer macht, der kein Geräusch machen will.

Sie zog sich brav und langsam aus, und dann – was sollte man jetzt noch herumreden, nachdem man geschlagene drei Stunden unten bei Grappa und Brahms über Gärten und Brahms geredet hatte – schliefen sie miteinander. Beate saß oben. Seine großen Ohren ruckten unter ihrem Gewicht vor und zurück. Seine geschlossenen Augen waren müde Kiemen. Ihre Augen blieben offen.

In den nächsten Tagen tat Beate etwas, das schon lange auf ihrer *Will ich machen*-Liste stand. Hinten im Werkstattschuppen wartete das antike Puppenhaus, mit dem sie selbst damals als Kind gespielt hatte, auf seine Renovierung. Ihr Sohn hatte eine dreijährige Tochter. Die würde sicherlich gern damit spielen.

Beate leimte Puppenohrensessel. Sie zog den drei Hausbewohnern, bei denen es sich aus irgendeinem Grund um drei vermenschlichte Filz-Krokodile handelte – sie gehörten nicht original in das Haus –, die schönsten der altmodischen Klamöttchen an. Mit einem Uhu-Stift in der Hand tapezierte sie. Schien die Sonne, arbeitete sie im Garten.

Paul ließ sich nur selten draußen sehen. Zerknirft wässerte er den Rasen. Ihr fiel auf, dass sie ein Wort dachte, das nicht existierte, *zerknirft*. Zerknirft war, wenn ein Mensch zu alt und zu saftlos ist, um zerknirscht zu sein.

Sie nahm sich vor, häufiger mal ein Wort zu erfinden.

«Hallo, Paul.»

«Okay, okay, okay, warten wir alle erst mal einen ganz kleinen Moment», rief Pauls Sohn hinter der Hecke. «Was ist denn hier los, Frau Zimmermann? Hat mein Vater Sie eingeladen, seine Gartenarbeit zu kommentieren?»

Sie hatte nichts kommentiert. Aber der Nachbarssohn war wohl noch in Trauer und daher verwirrt. Sie sah es ihm nach. Hannes war Regisseur. Sein Hemd glänzte matt. Stets bewegte er sich verstohlen, wie einer, der beobachten will, was ihn nicht betrifft.

Sie arbeitete weiter.

Sie hörte den Gesang der Vögel in den Bäumen.

Einmal hörte sie, wie Vater und Sohn nebenan stritten, und sie hatte schon ein Glas in der Hand, um es als Hörrohr zu benutzen, ließ es aber sein.

Wenn sie sich am Rand ihrer Terrasse auf die Zehenspitzen stellte, sah sie den Rhein.

Ins Puppenhaus kehrte ein winziges bisschen Leben ein, nur eine Spur. So stellte Beate es sich gerne vor. Die meiste Zeit herrschte dort keine Bewegung. Dann setzte sich ein Krokodil hin. Und eines stand auf und stellte sich vor die Bücherwand. Und dann wieder herrschte einen Tag lang keine Bewegung, weil keine Hand erschien und nichts bewegte.

So wie in ihrem Haus im Grunde auch. Das Leben im Puppenhaus war näher am echten Leben als das Leben in Filmen.

Manchmal saß sie am Klapptisch und sah still in das Haus hinein. Brummte im Nachbargarten der Rasenmäher, slefferten die Puppentässchen auf den Puppentässchen-Untertässchen im Haus der Krokodile.

GOOFTOWN

A

Goof A tritt frühmorgens aus seiner gläsernen Wabe. Zuvor hat er einige Dehnübungen gemacht, das Körpergefühl ist leicht und elastisch. In der Hand hält er einen Eimer und eine leere Flasche, er möchte sich seine tägliche Ration veganer Nahrung im Haus der veganen Nahrung abholen. Etwa fünf Kilometer sind es bis dort. Er legt den Weg in weniger als zwanzig Minuten zurück.

Der Ballengang – Segen des Ballengangs! Goof A tritt nur mit den Ballen auf, die Fersen berühren zu keiner Zeit den Boden, er läuft wie der Vogel Strauß, er vertraut seinen Muskeln, und dann geht es zack-zack-zack-zack-zack.

Früher, als er noch auf den Knochen lief, ging es knack-knack-knack-knack-knack. Er konnte das Knacken hören, wenn er sich beim Laufen die Finger in die Ohren steckte. Er ging wie die alten Menschen, er ging, wie die Menschen außerhalb des Projektgeländes immer noch gehen – ängstlich nach hinten gelehnt, ohne jede Elastizität und in schweren Klamotten!

Heute trägt er keine zwei Gramm mit sich herum. Heute fliegt er vorbei wie der Wind. Heute trägt er eine reaktive, aerodynamische, thermoregulierende Zweithaut, die der Haut des Steppenstraußes Yakyak nachempfunden ist, yak-yak-yak-yak, so gleitet er vorbei!

Linkerhand bleiben die Gemüsegärten mit den prallen Kürbissen und Tomaten zurück. Rechterhand die Kanäle mit den Gondolieri, die ihr Morgenlied pfeifen. Es geht über ein Stück ehemaliger Autobahn, das bunt bepflanzt worden ist, zwischen Mulis hindurch, die Wildgetreide vom Mittelstreifen fressen.

Nach etwa drei Kilometern fangen seine Dynamoschuhe an zu leuchten. Sie sind zu einem Zehntel aufgeladen. Nach zwanzig Kilometern wird er mit den Schuhen seinen Stromverbrauch für heute decken können. In der Zwischenzeit kann er sich an den Stromtanksäulen bedienen, die rosafarben pulsieren, weil sie von der Muskelkraft anderer Goofs aufgeladen worden sind. In ganz Gooftown wimmelt es von Transistoren, Transformatoren, Dynamos, Getrieben, Goof-Bewegung ist auch immer gleich Strom.

Aber Goof A ist jung, und er hat den Ehrgeiz, seine Energie aus sich selbst zu erzeugen. Vielleicht auch, weil er ohne Eltern aufgewachsen ist, weil er einer der Waisen ist, die sich für die Teilnahme am Gooftownprojekt entschieden haben – Goof A will 120 Prozent geben für die Gemeinschaft.

Unter einem Holzdach steht ein Dynamorad. Er schwingt sich drauf, tritt zehn Minuten in die Pedale, dann leuchtet der Bildschirm vor ihm auf, und er öffnet seinen E-Mail-Account.

Lieber A,

danke für deine liebe Mail. Ich fand es auch sehr schön, mit dir zu reden. Sollen wir uns heute wieder an der Rheinpromenade treffen? Bei Ein-

bruch der Dämmerung? Dort, wo die Mücken am
lautesten sind?
Deine B

Wahnsinn. *Deine B*? Die halbe Nacht hat er gebetet, dass sie geantwortet hat, dass er nicht zu weit vorgeprescht ist mit seiner letzten Nachricht, und jetzt: *Deine B*!

Voller Übermut tritt er in die Pedale. Er tritt und tritt, er muss einfach, ihn drängt es jetzt, die Energie, die ihn erfüllt, umzuwandeln. Ja, er wandelt seine Vorfreude auf den Abend in Kilowatt um. *Deine B, deine B*!

B

B – sie steht vor dem gläsernen Schrank in ihrer Glaswabe und weiß nicht, was sie anziehen soll. Wie jeder Goof besitzt sie genau drei Yakyak-Häute. Aber welche ist die passende für das Date?

Sie probiert die grüne aus, die oben einen etwas

altmodischen Kragen mit Rautenmuster hat. Furchtbar. Die hatte sie schon letztes Mal an. Total prüde und peinlich irgendwie. Gott sei Dank waren sie die meiste Zeit im Dunkeln, sodass A sie nicht durchgehend in dem Ding sehen musste.

Aber die gelbe, ist die nicht zu weit ausgeschnitten? Sieht sie damit nicht direkt vulgär aus?

Seufzend steigt sie in die dritte, die blaue Haut. Auch die hat sie heute schon mehrmals anprobiert, aber letztlich ist das vielleicht die beste Wahl. Doch, die blaue ist wahrscheinlich okay.

Hoch konzentriert rasiert sie sich, lässt nur einen Kinnbart stehen. Mit ihrem Eintritt in die Goofgemeinde vor drei Jahren hat sie fast alle Aspekte ihrer früheren Identität fahren lassen. Den Kinnbart, den hat sie aus irgendeinem Grund mit hinübergenommen in das neue Leben. Als wäre er ihre Seele. Ja, ein bisschen, als wäre der Kinnbart ihre Seele.

Ängstlich schaut sie sich um, dass auch keiner guckt. Dann zieht sie einen losen Glasziegel aus der Wand. In dem dahinter versteckten Döschen befindet sich Rouge vom Schwarzmarkt, ein wirklich grober Luxus. Aber anlässlich des Dates heute will sie sich etwas gönnen.

Draußen die Rufe spielender Kinder. Weil eine warme Brise weht, drehen sich die Wäschespinnen in den Gärten, und die Wäschespinnendynamos surren leise: Energie, Energie, Energie –

Im Garten zu ihrer Linken sitzt ein zurückgebliebener Goofjunge, der ihr immer etwas Angst macht. Sommersprossig ist er und dick und nicht gerade im klassischen Sinne schön. Er schnurrt und schnurrt, er macht das Geräusch des Dynamos nach, und sie weiß nicht, wie er das meint. Als er sie sieht, macht er den Mund auf und klopft sich auf den Kopf, sodass ein hohler Ton entsteht, pock-pock-pock-pock, unangenehm! Was will er damit sagen? Soll das nur irritieren oder meint er etwas damit?

Leicht genervt verlässt sie den Garten, um ihre Mutter aus einer der Seniorenwaben am Stadtrand abzuholen. Das macht sie jeden Tag. Der aerodynamische Rollstuhl ihrer Mutter rollt gut, dennoch zieht sich die Strecke, die sie bei ihrem gemeinsamen Spaziergang zurücklegen. Der Grund: Die Gespräche mit der senilen Mutter drehen sich im Kreis.

Es ist traurig. Aufgrund ihres Zustands konnte und kann Bs Mutter die neue Umgebung nie wirklich schätzen.

«LÄUTEN DIE GLOCKEN SCHON? ICH KANN NIX HÖREN.»

B erklärt es ihr, zum tausendsten Mal. Anders als in ihrer Heimatstadt gibt es in Gooftown eben keinen Dom, sondern nur das Windspiel mit seinen Windspieltönen. Glitzernd ragt es auf der runden Rasenfläche in der Mitte Gooftowns empor. Zu jeder Tages- und Nachtzeit darf man hineingehen, dem Wind zuhören und mit ihm summen.

Und das Summen ist wichtig und richtig, findet B. Ihr selbst hat es zu Anfang sehr geholfen, in dieses Goofgefühl, in diese Goofleichtigkeit hineinzukommen. Aber natürlich: Bei Mutter ist das anders. Ihre Ohren sind zu alt, um sphärisches Summen zu vernehmen. Und eben ihr Gehirn – sie verortet sich hartnäckig in Köln.

«LÄUTEN DIE GOCKEN NICHT MEHR? WARUM LÄUTEN KEINE GLOCKEN?»

Etwas beschämt denkt B: Es hat schon seine Richtigkeit, dass alte Menschen dann irgendwann, eines fernen Tages, auch mal gehen.

C

Der Goofjunge aus dem Garten, der heißt C. An glei-
ßenden Xetonfeldern läuft er heute vorbei. Xeton ist
der Glasschwamm, aus dem ganz Gooftown gebaut ist.
Ein phantastisches Material, es nimmt das Vitamin D
der Sonne auf, verstärkt es und strahlt es in hoher Do-
sis ab. Aber C erfreut sich momentan gar nicht daran.
Seine Gedanken! Sie ranken, pranken, kranken! Sie
sprechen in einem eigentümlich destruktiven Tonfall
zu ihm.

*C! Geh an den Rand der Stadt und sieh dir den Grenz-
bereich an! Kann es nicht sein, dass dort arme Menschen
sind? Wollen die vielleicht nach Gooftown rein und klet-
tern am Zaun hoch und werden erschossen?*

Oder:

*C! Schau nach, ob es irgendwo Goofs mit Maschinen-
gewehren gibt! Prüfe, ob abweichend handelnde Goofs
bestraft oder gefoltert werden irgendwo!*

Es ist ihm unklar, woher die Gedanken kommen.
Missmutig, wie er sich fühlt, joggt er jedenfalls nicht,
wie es Sitte wäre, nein, er latscht. Er latscht und
latscht. Wenn ihn jemand sieht, wechselt er schnell

in den Ballengang, aber sobald er außer Sichtweite ist, geht er wieder plattfüßig, und, wie ihm seine Gedanken sagen: irgendwie kritisch.

Ja, C! Wenn du so gehst, wie du jetzt gehst, dann gehst du irgendwie kritisch!

Er erreicht einen Waldstreifen, Brennnesseln und Gestrüpp. Er sieht den Weg, über den man Gooftown jederzeit wieder verlassen kann, und, wie immer, wenn er sich der Existenz dieses Weges versichert hat, empfindet er eine Enttäuschung. Das Vorhandensein von Wachtürmen würde alles einfacher machen. So aber muss er sein ewiges Katastrophengefühl als einen Teil seiner Person begreifen.

Wozu erzeugt die Natur Katastrophengefühlkinder? War das mal für irgendwas gut?

Manchmal ist er seiner selbst so überdrüssig, dass er sich hart auf den Kopf klopft. Pock-pock-pock-pock. Die Welt ist ein übergrelles Geschmiere und flößt ihm Schuldgefühle ein.

Grummel-brummel, so macht es im Himmel. Dann: Drip-drip-drip-drip-drip. Das ist Regen.

A & B

Goof X wird geboren. Aus dem Schoße Bs. Und gleichzeitig ist Goof X direkt wieder Goof A, der am Fluss steht und nervös mit B redet. Oder ist Goof B, die ihm zuhört.

Goof A erläutert beispielhaft seine Idee von der Geschichte des Lebens, von der Abfolge der Generationen und den Mustern, die sich wiederholen. Goof B bewegt sich dazu unschlüssig im Halbdunkel. Bald steht sie nah bei ihm, bald steht sie weiter weg. Die Mücken sind an dieser Stelle tatsächlich sehr laut.

«A? Kannst du das noch mal erklären?»

«Ja, klar. Also, ein Goof ist letztlich jeder Goof, meine ich. Während jeder aber auch keiner ist. Oder anders! Einer alleine ist so viel wie ein Buchstabe alleine. Er wird was, indem er sich mit anderen kombiniert. Was wäre er sonst? Weniger als ein Tropfen im Fluss.»

«A? Ist das eine andere Metapher, das mit dem Fluss? Oder ist das immer noch die gleiche?»

Oh Gott, denkt A. Er macht sich vollkommen lächerlich. Er redet und redet, und jetzt hat er sich verfranst, und sie schweigen beide betreten, weil er so blöd ist. Andererseits berührt sie mit ihrem kleinen Finger seine Hand. Da! Schon wieder. Sogar eine Sekunde länger. Das macht ihn verrückt. Findet sie ihn nun lächerlich oder nicht?

«A?»

«Ja?»

«Ich kann's ja noch mal so zusammenfassen, wie ich's jetzt verstanden hab, ja?»

«Gut. Ja, gut, B. Das ist eine sehr gute Idee. Fass es noch mal zusammen.»

«Du hast dich in mich verliebt.»

Ah! Nein! Ja! Er wünschte, jemand würde ihn zertreten! Und dann nimmt sie seine Hand. Eine Sekunde später wäre er in den Fluss gesprungen, er wäre schreiend reingesprungen und nie wieder aufgetaucht, aber jetzt, jetzt hält sie seine Hand und massiert sie sogar mit dem Daumen. Also: Atmen. Atmen, atmen, atmen. Was macht sie? Sie lacht!

«A?»

«Ja?»

«Jetzt regnet es in Strömen, da wird man es gar nicht mehr sehen, weil es abgewaschen wird. Hätte ich's gleich lassen können.»

«Was lassen?»

«Das Rouge. Ich hatte Rouge draufgemacht.» B lacht ein trauriges Lachen.

«Ich könnte es mir vorstellen, oder? Ich kann mir ja vorstellen, dass es hell wäre und du das Rouge noch draufhättest. Das ist sogar noch schöner! Ich finde es so herum noch schöner», sagt A und: «Ist gar nicht schlimm. Dann bleibt mehr für die Phantasie.»

Worauf B denkt: Was redet der eigentlich so viel? Es ist ja fast, als ginge es ihm hauptsächlich ums Reden.

Dann wird sie auch weiterreden müssen. Und sie fragt: «Du bist nicht bös?»

«BÖS? Um Himmels willen! WARUM! WARUM DENN BÖS.»

«Weil ich Rouge draufhatte und es jetzt verschwendet ist, wegen dem Regen. Du bist doch immer so streng. Man sollte nie auf dem Schwarzmarkt was kaufen, hast du letztes Mal gesagt.»

«Nein, nein. Warum? Findest du mich zu streng? Man kann immer auf den Schwarzmarkt – natürlich kann man Rouge auf dem Schwarzmarkt kaufen. Du brauchst es allerdings nicht. Also, du müsstest es nicht nehmen, weil – du bist hübsch.»

Die betretene Stille, die sich jetzt zwischen sie schiebt, ist fürchterlich, das finden sie beide. Also muss B wieder reden.

«Letztes Mal hast du gesagt, du seist ziemlich ernst mit den Regeln, weil du keine Eltern hattest, weil wir alle sozusagen deine Eltern seien, also wir, die Goofs.»

«Ach so! Das hab ich doch nur gesagt, weil ich in Zukunft weniger streng sein will! Ich will lockerer werden!»

«Das ist gut. Ich hab nämlich noch was dabei.»

Nur noch ein schwacher Schimmer dringt von der Stadt herüber. B ist kurz verschwunden. Durch den Regen entsteht in den Yakyaks ein angenehmes Körpergefühl, als sei man nackt, und diese Vorstellung lässt As Herz schlagen wie verrückt: B nackt!

Dann ist sie zurück und zieht ihn mit zu einer Höhle. Sie dreht am Rädchen einer Dynamotaschenlampe. Wie ein Altar zeigt sich ein Fels in dem orangefarbenen Lichtschimmer. Und auf dem Felsen, da liegen eine Flasche Schnaps und Zigaretten.

«A?»

«Ja?»

«Das ist auch vom Schwarzmarkt. Ist das schlimm?»

«Nein, nein.»

«Und du denkst auch nicht, dass die Kameras und die Mikrofone, falls es sie gibt, bis hierhin reichen?»

«Nein!»

Und später – später sind sie ganz tief in der Höhle, und wir sehen nicht, was sie tun.

BS MUTTER

Bs Mutter sitzt in ihrem Rollstuhl vor der Kirche und sagt sich: Köln ist ganz okay. Auch wenn es sich irgendwie verändert hat. Dass alle Gebäude durchsichtig sind, das ist schon gewöhnungsbedürftig. Aber wenn sie sich so umsieht: Die Gesichter der anderen Kirchgänger sind wie immer, ganz gewöhnliche Gesichter. Und wie immer darf sie dasitzen in der Kirche und muss nichts sagen.

Vielleicht, dass sich die Sonne nach dem Regen greller in diesen neuen Glasgebäuden spiegelt. Vielleicht, dass ihr Sohn etwas auf sich warten lässt. Aber Köln insgesamt? Nein, nein. Köln ist schon ganz okay.

ENTLASSEN

Ich bin froh. Ich stehe auf dem Klodeckel und rauche in die Lüftung. Bert steht vor der Dusche. Er sieht mich befehlsbereit an. Seine Arme liegen eng am nackten Körper. Er steht stramm wie ein Soldat. Ich könnte ihm jetzt sagen, dass er einen absolut einwandfreien Purzelbaum hinlegen muss. Oder auf der Stelle hüpfen, sodass sein Penis im Kreis schwingt. Seit einiger Zeit wünscht er sich *Befehle* von mir. Ich steh zwar eigentlich nicht besonders drauf, zumindest bin ich mir noch nicht sicher, wie viel ich dem abgewinnen kann, aber ich bin froh, einen Freund zu haben, der sich bereit erklärt, so ein Spiel *jetzt und hier* auszuprobieren. Eigentlich ist er nämlich da, um mich abzuholen. Ich werde heute aus dem LKH entlassen. Es ist so eine Laune von mir, den Aufbruch noch hinauszuzögern.

«Ich befehle dir, schön zu sein!», improvisiere ich.

«Also, das heißt für dich, gar nichts zu machen. Sondern einfach so stehen zu bleiben. Ja. Perfekt. So ist es gut.»

Er lächelt. Ich merke schon, dass er sich das eigentlich anders vorgestellt hat, aber jetzt und hier reicht es. Er legt den Kopf schief, er sieht mich an, er hat keine Eile, er versteht mich – ich bin froh.

Diese Launen, die ich hab, die kann ich nicht erklären. Mein Bauch hat bei mir einfach das Sagen. Er sagt beispielsweise *Nimm dir eine Kartoffel von Frau Sperbers Teller,* und dann mache ich das. Und Frau Sperber lacht erschrocken auf. Gestern Mittag. Und alle sagen: Ach, die Sarah wieder!

Irrational ist ja auch, dass ich in die Lüftung rauche. Es gibt einen Raucherhof. Ich bin einundzwanzig Jahre alt und befugt, auf diesem Raucherhof zu rauchen, so viel, wie ich will. Bert wundern solche Sinnlosigkeiten natürlich nicht mehr. Er kennt mich ja. Überhaupt ist er jemand, der viel Verständnis für andere Menschen aufbringt, finde ich. Verständnis auch für Dinge, die man eigentlich *nicht* versteht. Das ist wahrhaftes Verständnis!

Ich befehle ihm jetzt, nicht mehr schön zu sein.

Er probiert es einen Moment, er verspannt sein Gesicht, aber es geht natürlich nicht, und wir lachen.

Die Klotür geht auf. Evelyn Frahn, mit der ich mir dieses Zimmer teile, steht in ihrem grauen Joggingdress vor uns. Sie hat einen Igelschnitt und ist so gutmütig, wie sie dick ist, eine birnenförmige Frau. Ich merke, wie mir die Tränen kommen, weil heute mein letzter Tag ist. Hundert Millionen Mal haben Evelyn und ich an unserem kleinen Tisch gesessen und Uno gespielt. Oder ich hab ihr aus der Bud-Spencer-Biographie vorgelesen, die Bert mir geschenkt hat. Das wird jetzt nie wieder passieren.

«Sarah? Weinst du? Was macht ihr denn hier?»

Ich möchte schnell und bissig antworten. So kennt sie mich, und so sollte sie mich in Erinnerung behalten. Ich möchte *Siehst du doch, Sadomaso-Spiele!* sagen. Aber es kommt nicht raus. Kloß im Hals.

Wir latschen über das bilderbuchschöne Parkgelände, Bert und ich. Ich bin gerührt, weil er zur Feier meiner Entlassung seinen einzigen Anzug angezogen hat. Es ist ein schicker Secondhandanzug mit leichtem Schlag in der Hose, wie ein Geschäftsmann von einem verwunschenen 80er-Jahre-Planeten sieht er darin aus. Ich trage ein labberig-schwarzes T-Shirt, meine grünen Shorts und rosa Sneakers, die schon ziemlich auseinandergehen. Bert streicht sich sein schönes schwarzes Haar flink hinter das Ohr. Fein sieht das aus.

Wir machen ab: Er geht schon mal zur Straße vor und wartet dort auf mich. Ich muss meine kleine Abschiedsrunde alleine hinter mich bringen, so was macht man alleine.

Bevor wir uns trennen, patscht er mir ganz leicht auf die Schulter. Das mag ich. Es ist eine Geste, die besagt, dass ich nicht nur seine Freundin bin, sondern auch sein allerbester Kumpel.

Ich sehe ihm hinterher, bis er hinter dem Pförtnerhäuschen verschwunden ist.

Mitten im Park steht ein gelb verputztes Häuschen. Ich mache die Eingangstür einen Spalt weit auf und sehe sechs Menschen auf Isomatten liegen. Ihre Augen sind geschlossen. Manche drücken das duftölgetränkte Wattepad, das die Aromatherapeutin ausgeteilt hat, mit den Fingern unter die Nase, bei anderen liegt es einfach lose zwischen Nasenspitze und Oberlippe.

Nüstern flattern, leise wird Duft eingesogen. Es könnte lustig aussehen oder albern, stattdessen finde ich es auf eine seltsame Weise elegant. Wahrscheinlich, weil ich weiß, wie tief man hier empfinden kann. Die Therapeutin, Frau Schröder, wird gleich eine rudimentäre Geschichte beginnen. In diese Geschichte fließen die individuellen Assoziationen. Zwei Mal werden Wattepads mit neuen Aromen gereicht werden, wie unterschiedliche Aufgüsse in der Sauna, sozusagen, und so ergibt sich eine dreiaktige *Aromareise*.

Manche heulen dabei. Ich heule sogar jetzt!

Aber da ich keine Geräusche mache und da Frau Schröder ebenfalls noch die Augen geschlossen hält, bemerkt mich niemand. Sie rechnen nicht mehr mit mir. Wie schnell das geht. Dieser Raum hier ist von einer ganz bestimmten Kraft, das ist eine Idylle, in die hinein ich mich nicht verabschieden kann.

Danke für diesen guten Morgen! Danke für jeden neuen Tag! Danke, dass ich all meine Sorgen auf dich, Vogelgezwitscher, legen mag! Dieses Lied denke ich mir aus, weil ich Vogelgezwitscher mag und weil ich Dinge mehr abfeiern will, und ich denksumme es – und ein Vogel lugt mit einem Äugelein hinter einem

Blatt hervor, als wollte er gestisch hinzufügen: Wir sind Dinosaurier!

Lange bleibe ich vor der Reithalle stehen und sehe durch das breite Plexiglasfenster hinein. So wie meist trainieren dort diese Vorstadtprinzessinnen, die sich freiwillig und leidenschaftlich für Pferde interessieren. Wir Patienten standen des Öfteren hier und sahen zu und warteten auf den Beginn unserer Reittherapie.

Das muss von drinnen schlimm ausgesehen haben, fällt mir jetzt zum ersten Mal auf. Wenn die Vorstadtprinzessinnen so beim Voltigieren rausgesehen haben. Was sie da sahen! Zwölf blassgesichtige Menschen in Trainingsanzügen, die meisten am Rauchen, alle am Starren, und einer sah wilder aus als der andere.

Ludwig, beispielsweise, mit dem dicken Watteverband am Hals. Oder Thomas mit seinem aufgekratzten Wettsucht-Blick. Oder ich – am Anfang, als ich noch blaue Flecken hatte, selbst geschlagen, nach einem Streit mit Bert. Beschäftigt mich jetzt nicht mehr. Nein, jetzt, denke ich, sehe ich wahrscheinlich nicht mal mehr seltsam aus! Höchstens, dass ich vielleicht etwas schief lächle. Ich fühl mich aber stolz.

Was habe ich mich entwickelt! Was habe ich, zum

Beispiel, Pferde früher gehasst! Seit ich unser Therapiepferd Tristan kenne und seit ich gespürt habe, wie es mir so warm in die Hand schnauft, weiß ich: Diese Tiere sind uns nicht unfreundlich gesonnen. Ja, heute ist meine Meinung: Pferde sind okay. Und weil Tristan jetzt nicht in der Halle ist, winke ich den anderen Pferden zum Abschied. Mir egal, was die Vorstadtprinzessinnen denken.

Der, der mir dann entgegenkommt, steht für mich so ein bisschen für das Verlorensein des *Homo sapiens* im Allgemeinen. Er steht für den inneren Dschungel, aus dem wir herauswollen und in dem wir uns verlaufen. Aber warum, frage ich mich, steht ausgerechnet Roland für dieses Verlorensein?

Antwort: Weil er einer dieser *rundum kranken* Menschen ist. Mindestens sechs Krankheiten nennt er sein Eigen. Und die sichtbarste davon, das ist die Xineorose, die Xineorose macht, dass seine Haut so aufgequollen ist. Das ist ziemlich extrem. Sein Trainingsanzug liegt eng wie eine Wurstpelle am Körper, weil es ihm Schmerzen bereitet, wenn Luft zwischen dem Stoff und der Haut ist. Seine Füße sehen aus wie hellrosa Gummistiefel, an die unten noch mal Sandalen drangeschnürt wurden. Sein Gesicht besteht aus zugeschwollenen Augen, einer relativ normal-hautfarbenen Nase und einem grauen Vollbart mit einem rosafarbenen Mündchen in der Mitte.

In dieses Mündchen steckt Roland eine Mentholzigarette.

«Sarah. Wo geht's hin?»

«Weg.»

Da stehen wir. Zweimal haben wir uns im Patiencafé lange unterhalten. Noch nie bin ich mit jemandem so schnell zu den persönlichsten Dingen gekommen, wahrscheinlich auch, weil Rolands Leiden so sichtbar ist, da kann man nicht übers Wetter reden.

Trotz seiner Krankheiten ist er aber kein Jammerer. Seine Augen wirken gütig und mild.

«Danke für die Mondscheinsonate», sage ich. Roland hat mir die ersten paar Töne auf dem Klavier im Patientencafé beigebracht.

«Bitte», sagt er.

Und da bricht unser Kontakt auch schon wieder ab. Wir geben uns die Hand. Seine fühlt sich angenehm warm und hornig an. Angenehmer als eine normale Hand eigentlich!

Ich sage ihm das.

Von dem Baugerüst, an dem ich vorbeikomme, bevor ich wieder am Pförtnerhäuschen bin, hat sich kurz vor meiner Ankunft eine Frau gestürzt. Ich weiß nur, dass sie Martina hieß und dass sie nett gefunden wurde von manchen und dass sie am Nachmittag des Soundsovielten-Soundsovielten *ihr Leben verlor*, wie man fälschlicherweise sagt.

Das ist ziemlich extrem. Ich meine, dass es sie wirklich gab und dass sie für mich doch nur ein Name ist und ein positiver Gedanke.

«Der positive Gedanke ist», sage ich zu Bert – und ich merke, dass ich mal wieder aus meinem Gehirn heraus direkt in die Wirklichkeit hineinrede, ohne dass Bert den Zusammenhang kennen kann, mein Fehler –, «dass andere Menschen auch leben und sterben. Und dass es trotz der vielen Sterberei einfach weitergeht, ist das nicht schön?»

Bert nickt. Er hält meine pinke Bonner SC-Sporttasche in der Hand.

Etwa vierzig Minuten gehen wir zurück zu unserer Wohnung. Wir gehen zu Fuß, denn zu Fuß bin ich ja auch vor fünf Monaten hergekommen, beziehungsweise hergebracht worden von ihm.

Wir kommen auf das mit dem Befehlen zurück. Er sagt, es sei gar kein Wunsch von ihm, *ich* hätte es mal vorgeschlagen. Damals sei ich der Meinung gewesen, der moderne Mensch sei einem ständigen Entscheidungsterror ausgesetzt, und ich hätte mir ausgedacht: Gegenseitiges Befehlen und Gehorchen könne uns daraus befreien.

Es stimmt, erinnere ich mich. Und ich finde es noch immer eine gute Idee.

«Es ist einfacher, sich um andere zu kümmern, als um sich selbst.»

«Manchmal schon!»

Ich erzähle ihm von Annika von meiner Station. Annika ist zweimal aus der Kirche, bevor sie das Jawort sprechen sollte, weggerannt. Zweimal im letzten Moment beim *selben* Mann. Den sie liebt! Krankhafte Entscheidungsunfähigkeit. Und jetzt wollte sie sich behandeln lassen, weil, er war nach dem zweiten Mal ziemlich sauer, und sie litt auch daran.

«Also, falls ich dir mal einen Antrag mache, befehle ich dir besser, Ja zu sagen?», fragt Bert.

«Nein, in dem Fall wüsste ich es», sage ich.

Und im nächsten Moment plötzlich, da singen wir! Aber ohne dass einer es dem anderen befiehlt, ich schwöre! Ich schlage es nur vor, und er ist einverstanden. Es ist unser Lied von Rilke, das wir mal zum Spaß eingeübt hatten, so richtig zweistimmig:

Ich kreise um Gott, um den uralten Turm,
und ich kreise jahrtausendelang,
und ich weiß noch nicht: bin ich ein Falke, ein Sturm
oder ein großer Gesang.

Wahrscheinlich kann man nicht gehen, ohne eine Schneise zurückzulassen. Und über die Schneise kommen einem die Erinnerungen wie ein Pulk von Autogrammjägern hinterhergerannt.

Man ist sozusagen der Star der eigenen Erinnerungen, sage ich zu Bert.

Aber ich werde dennoch nicht wehmütig sein, nur dankbar bin ich für die schlimme, schöne Zeit in der Klinik, für die Instant-Geborgenheit, die mir die Bundesrepublik Deutschland mit ihrer Techniker Krankenkasse über ihr Gesundheitssystem hat zukommen lassen.

Später in unserer Küche ist mir Pizza noch zu fest. Bert macht mir eine Gemüsesuppe. Ich muss lachen, als er so konzentriert dasteht und mir beidhändig eine lange Stange Tomatenmark aus der Tube in die Suppe drückt.

Er lacht auch.

Ich stelle mir vor: Allein hat er gegessen. Fünf Monate lang. Sich Sorgen gemacht. Mich am Telefon abends aufgemuntert. In einem meiner T-Shirts, sagt er, habe er oft hier gesessen.

Das rührt mich. Und es erstaunt mich auch, dass ihn das beruhigt hat. Mich selbst beruhigt es *null*, in einem meiner T-Shirts irgendwo zu sitzen.

Vergänglichkeit, zack, nächster Moment schon: Ich liege in unserem Bett, nicht nur übers Wochenende, sondern entlassen. Bert habe ich befohlen, er muss schlafen. Aber Bert – er gehorcht nicht!

Er geht noch mal raus und die Treppen runter vor das Haus, um zu rauchen. Danach bringt er mir meine Kirschkernpantoffeln, die er in der Mikrowelle warmgemacht hat. Laufen soll man auf den Dingern nicht, aber weil ich es trotzdem immer tue, kommen die Kirschkerne schon raus, und die sind schmerzhaft heiß, und das macht mich rasend wütend.

Aber dann – dann steigere ich mich nicht hinein.

Ich komme nicht vom Hölzchen aufs Stöckchen. Nein, ich fahre mir stattdessen mit den Zeigefingern links und rechts an den Halsadern entlang, so kann man nämlich seinen Puls runterbringen.

Der Rest der Geschichte ist, dass es immer so weitergeht, mit Bert und mir. Wenn einer stolpert, zerrt der andere ihn weiter, und wenn der andere stolpert, wird umgekehrt ein Schuh daraus. Wir leben und leben, und eines Tages kommen wir auf eine Anhöhe und sehen über grünes Land, und das ist das Ende und das Glück.

Wobei, weiß man's?, denke ich, als ich im Dunkeln neben Bert liege und er schläft. Was, wenn wir uns doch irgendwann nicht mehr verstehen? Was, wenn er so beim Rauchen, alleine, bereits über Trennung nachzudenken beginnt?

Und ich stehe wieder auf. Ich laufe in der Küche herum, und ich trinke Rotwein, und ich singe zur Playlist, Leonard Cohen, Sido, Schubert. Und ich denke zu viel und tue alles das, was ich nicht mehr tun will. Alleine schief singen, beispielsweise, obwohl der Andere schläft. Vom Hölzchen komme ich aufs Stöckchen!

Dann weine ich. Aber ich lache schon wieder.

Ja doch, es geht. Ich singe jetzt und hier noch nicht zu laut.

Ich spreche in die Diktiergerät-App meines Smartphones. Ich überlege mir nämlich, Podcasterin zu werden. Eine Podcasterin, die Folgendes sagt: Hallo, Leute! Lebt euer Leben nicht wie jemand Entspanntes, der noch ein zweites Leben in petto hat! Lebt überhaupt nicht eure Leben. Das geht nämlich nicht. Wie könntet ihr etwas leben, das ihr seid? Wie könntet ihr etwas verlieren, das ihr seid? Man ist nicht zwei. Man kriegt es nicht auf die Reihe. Es lebt!

Und ich laufe hin und her, während ich spreche. Ich frage mich, wer den Podcast, den es nie geben wird, hören könnte, gäbe es ihn. Und um nicht ewig herumzukreiseln wie ein Falke, lege ich mich auf den Boden. Ich komme zur Ruhe. Ja, und hier liege ich und ich rede. Und ich denke an dich.

MOTEL

Als sie das Motel betrat, reckte Beate Zimmermann die Bohrmaschine in die Luft und stieß einen Laut aus, *Yeah* oder *Yeeha*, so hatte es klingen sollen. Stattdessen kam ein *Jich* heraus, aber das war auch in Ordnung. Ja, es gefiel ihr sogar, denn es klang etwas verrückt.

Sie war alleine.

Sie hatte das Haus ihres verstorbenen Gatten endlich verkauft.

Sie hatte ein kleines pfirsichfarbenes Motel an einer unscheinbaren Kurve der B42 erworben und renovieren lassen.

Und nun ging es los, nun würde sie hier wohnen und Motelbesitzerin sein. Letzter Schritt war das Anschrauben des Schildes gewesen. Sie hatte sich für den Namen *Motel Loreley* entschieden, auch wenn er ihr etwas gewöhnlich vorkam. Das Gewöhnliche aber, überlegte sie, konnte ja unter Umständen etwas Prickelndes entwickeln.

Die Schrauben hatte sie in ihrem Überschwang zu doll reingeschraubt, sodass sie nun zermantscht aussahen. Passte aber. Das Gebäude wirkte im Ganzen etwas schludrig. Anrüchig. Auf eine angenehm unauffällige Weise.

Die B42 lag kühl und nackt und geheimnislos vor dem Rezeptionszimmerfenster. Gegenüber das Feld. Die weißen Wellen der Gewächshäuser in der Ferne. Güllegeruch.

Drinnen aber: Erdbeerraumspray. Eine gewisse Süße sollte hier in der Luft liegen, hatte Beate sich überlegt.

Die Bohrmaschine lag ihr warm und schwer in der Hand. Eine Komplizin, eine Art dicke, hemmungslose Cousine war die Bohrmaschine in den letzten Tagen geworden. Beate hatte Geweihe auf dem Flohmarkt gekauft und an den Wänden angebracht. Viele große und kleine Spiegel. DDR-Hakenleisten. Ein Vintage-Pilzbestimmungsschild aus Blech. Außerdem hatte sie im hinteren Bereich Tapeten kleben lassen – aus rotem, einen Stich ins Bläuliche gehendem Samt.

Und jetzt ging es los. Wie gesagt. Jetzt ging es bald schon los. Jetzt bald.

Einer der ersten Gäste war ein Mensch namens Klaus Benedikt. Er war früher mit ihr zur Schule gegangen. Beate erkannte zuerst nur den Namen, Klaus Benedikt. War damals zwei Klassen über ihr gewesen.

Reiner Zufall, er habe nicht gewusst, dass sie das Motel leite, sagte er, aber sie glaubte ihm nicht und sagte mit einem Zwinkern: «Na? Zufall, Klaus?»

Aber es war wohl wirklich Zufall. Sie sah es an seinem abgewandten Gesicht, und als sie noch einmal zwinkerte, sagte er schroff, er könne auch woanders unterkommen. «Es scheint, als würde hier noch renoviert?»

«Nein, nein», sagte Beate und tat etwas gelangweilt.

Er trug Hemd und Krawatte. Sie zeigte ihm das Zimmer. Sie brachte pfirsichfarbene Handtücher und eine hellrote Seife. Später trug sie einen Karton mit den letzten Habseligkeiten ihres Gatten auf den niedrigen Dachboden. Sie mochte den kräuterigen Geruch dort. Sie stellte sich vor, hier habe früher eine Kräuterhexe gehaust.

Bevor sie die Treppen wieder hinunterstieg, kroch sie auf allen Vieren bis zu dem Astloch, durch das sie in Klaus Benedikts Zimmer sehen konnte. Klaus, gute Güte. Er kam ihr unzeitgemäß spießig vor. Seine Schuhe hatte er *ordentlichst* neben die Tür gestellt. Er saß als rechter Winkel im Sessel und sah Golf auf Eurosport, die Arme ruhten auf den Lehnen.

Lange, lange tat er nichts anderes. Dann erst, nach einer guten halben Stunde – Beate hatte halbherzig ein altes Fotoalbum in die Hand genommen und darin geblättert, als würde sie ihrerseits beobachtet und müsse einen Grund für ihren Dachbodenaufenthalt bieten –, lag er in Unterwäsche auf dem Bett, eine Hand zwischen den Beinen. Eigentlich onanierte er nicht. Er hielt nur die Hand in der Unterhose. Einmal sah er vage zu ihr hin. Es sah aus, als wollte er das Auge, das rechte, wie einen Golfball in das Loch schicken, durch das sie ihn sah.

Schnell ballte Beate eine Faust und packte sie dorthin, wo ihr Auge gewesen war. Als ihr Herzschlag sich beruhigt hatte, stieg sie die Treppe hinunter.

Später fiel gedämpftes, braunrotes Licht durch die Baumkrone neben der offen stehenden Eingangstür, während sie den Zuweg fegte. Knarzenden Schrittes ging Klaus durch den Eingangsbereich, um das bereitstehende Abendbrot zu vertilgen. Große Scheiben hatte sie dem großen Mann abgeschnitten. Er gab nicht zu erkennen, ob er sie bemerkt hatte vorhin.

Beate wischte mit einem dreifarbigen Staubwedel über die schnell einstaubenden Geweihe. Weil sie durcheinander war, weil sie sich zugleich beschämt und befreit fühlte, summte sie.

Stefan, Arnold und Christoph, ebenfalls sehr entfernte Bekannte von früher, checkten ein. Sie waren zu vieren verabredet, mit Klaus, wollten auf dem nahe gelegenen Golfplatz ein freundschaftliches Wochenende zelebrieren. *60 Jahre Freundschaft zwischen Stefan, Arnold, Christoph und Klaus* antworteten sie und nickten sich förmlich zu, als Beate fragte, wie das Motto ihres Treffens lautete.

Sie war in ein Trägerkleid geschlüpft. Sie hatte sich zwei Fingernägel pro Hand hellgrün lackiert, wie sie es bei dem Freund ihrer Tochter gesehen hatte, und zog neue dunkelrote Halbschuhe an, die noch drückten. Die vielen kleinen Spieglein an den Wänden boten ihr die Möglichkeit, sich als Farbe und Bewegung zu sehen, mehr als huschenden Geist denn als Bild.

«Was habt ihr Jungs vor heute Abend? Lieder von früher singen oder so was?»

Sie hatte ihnen große Bierhumpen in den Essbereich gebracht. Jetzt sah sie in vier fragende Gesichter. Einer, sie nahm an, es war Arnold, schüttelte den Kopf und sagte ganz ernst, dass sie das nicht vorhätten. Und das war die ganze Konversation!

Sie sangen nicht. Sie tranken nur jeder das eine Bier und spielten Karten, wie etwas, das man automatisch tut, seit ewigen Jahren, ohne sich zu fragen, ob es einen noch erfreut. Rostige Herren. Falls ihre Frauen noch nicht unter der Erde lagen, Beate beneidete sie nicht. Haben die noch Reste von Träumen?, fragte sie sich.

Als die Freunde am Morgen aufbrachen, ging Beate ein Stück hinter ihnen her. Schließlich musste sie zum Einkaufen ins Städtchen. Für sich nannte sie die Herren nun nicht mehr Stefan, Arnold, Christoph und Klaus, sondern S, A, C und K. Die Gruppe SACK. Und die Gruppe SACK ging gar nicht golfen, stellte sie sich vor. Die Gruppe SACK hatte vielmehr unter einer

Trauerweide ein Ruderboot versteckt, welches einen, wenn man sich hineinsetzt, verjüngt.

Sie stellte sich vor, sie würde als verjüngte Steuerfrau mitfahren und Kommandos geben. Sie säße vorne am Bug, sie würde vom Schub hochgedrückt und das Trägerkleid würde flattern und golden erklänge ihr Lachen, wie in einem Film.

Tatsächlich golden war die Verpackung des Bries, den sie in den Einkaufswagen purzeln ließ. Die Geräusche im Supermarkt hörte sie nicht. Sie hörte das vulgäre Schlaggeräusch der Ruder. Seltsam realitätsnahe Phantasie. Früher war sie Steuerfrau im Ruderclub gewesen. Als die Bilder vom Rudern auf dem Rückweg verschwammen, war ihr, als sei, was dahinter auftauchte, die B42, nur ein weiteres Bild. Ich muss mir ein Ruderboot kaufen.

Am Abend sagte Arnold: «Hübsche Geweihe, Beate.»

Sie bedankte sich und drückte ihm die Polaroidkamera in die Hand. Sie stelle sich hier unter das Geweih. Es sehe nun aus, als komme es aus ihrem Kopf. «Siehst du das? Mach doch mal bitte ein Bild!»

Er ließ sich überreden, schaute aber drein, als begreife er nicht, dass es witzig sein sollte.

Selber fotografiert werden wollte keiner der Gevattern. Am frühen Morgen checkten sie schon wieder aus. Sie zogen ihre Rollkoffer über den kleinen Parkplatz und setzten sich in zwei Kleinwagen. Als sie anfuhren, setzte ein Getöse ein. Vögel tschilpten und zirpten und wuiuiuiten wie amerikanische Polizeisirenen, sie keckerten und tatütataten.

Beate musste an die Spielzeugfahrzeuge ihres Enkels denken, die gaben solche Geräusche von sich. Morgensonne flutete den Kies.

«Kommt wenigstens etwas Geld rein?», fragte später ihre Tochter.

«Hält sich in Grenzen.»

Anke war von vornherein gegen das Motel gewesen. Beate überfordere sich psychisch und körperlich, hatte sie gesagt und sagte es jetzt wieder.

Dann sprachen sie über die Kinder und dass sie viel Freude an dem Kampfsport Capoeira hätten. Bei diesem Sport gehe es darum, die eigene Freiheit tänzerisch zu behaupten, erklärte die Tochter. Nicht mit dem Gewicht des eigenen Körpers, sondern mit dem Gewicht des Außen solle gearbeitet werden.

Es war nicht so, dass sie sich gar nicht verstanden,

aber das Telefonat war dem letzten von vor ein paar Wochen so ähnlich, dass Beate sich hinterher nicht fühlte, als habe sie ein Gespräch geführt.

Nie fragte Beate nach dem Puppenhaus, das sie ihren Enkeln geschenkt hatte. Vielleicht wurde heute nicht mehr mit so was gespielt? Sie wollte keine Oma sein, die nachfragt, ob ihre Geschenke gefallen.

Der Check-in heiße bei ihr *Einpflegung*. Beate erklärte es ihrer Bekannten Gudrun, die sie nach langer Zeit – es waren beinahe drei Jahre – angerufen hatte, um von ihrem Motel zu erzählen.

«Warum das? Weil du die englische Sprache ablehnst?»

Das nicht, sagte Beate.

«Oder bist du einfach eine alte, verrückte Braut?»

Beate musste kichern. Gudrun redete gerne so. Alte, verrückte Braut. Sie kannten sich über ihre Ehemänner. Beate hatte Gudrun angerufen, weil sie nicht mehr viele Freundinnen hatte, und die, die sie noch hatte, waren so alt wie sie selbst. Gudrun war gerade erst fünfundfünfzig geworden.

«Nein, im Ernst», erklärte Beate. «Es ist mir einfach so eingefallen – *Einpflegung* – und ich verliebe mich doch manchmal in Worte. Wie auch in die Freiheiten, die ich mir neuerdings rausnehme. Ich liebe jetzt häufig. Wie die Amerikaner.»

Von Gudrun kam ein kleines, fragendes Gurren. Beate hoffte, ihr zu imponieren. Gudrun war Heilpädagogin, noch berufstätig; Gudrun war keine Spießerin.

Heute sei ein belgischer Gast angekommen, erzählte Beate. Der habe auf die Frage *So, wollen wir Sie dann mal einpflegen?* äußerst positiv, ja, empfänglich reagiert.

«Empfänglich?»

«Empfänglich», wiederholte Beate und erzählte, was passiert war. Sie hatte den Belgier, Mathis, am Ellenbogen in sein Zimmer geführt. Sie hatte ihm eine Pflegecreme und eine Hautlotion gebracht, weil das irgendwie zu dem Wort *Einpflegung* passte. Und Mathis habe keineswegs irritiert abgewunken, er habe lachend gedankt und sich sofort die Hände eingecremt. Sie dann spontan auch. So hätten sie im kleinen Bad nah beieinander gestanden und sich die Hände gecremt. So habe sie durch die Benutzung eines ungewöhnlichen Wortes wie Einpflegung eine erfrischend andere Situation entstehen lassen. *Wording* heiße das.

«Eventuell biete ich hier bald Wellnessmassagen an», sagte Beate.

«Ich muss jetzt, Beate», sagte Gudrun. «Ich gehe Badminton spielen.» Und sprach dann doch noch von Tests für das Gehirn, die man bei Ärzten machen lassen könne und müsse ab einem gewissen Alter.

Dann war aufgelegt. Das Tuten saß Beate dick im Ohr. Dennoch hörte sie es sich noch eine Weile an.

Als Beate mit Tee bei dem Belgier reinging, stand der freundlich am Fenster. Ein schönes Oma-Gedeck mit Kekskringeln auf einem Landhaustablett in Händen, so schwebte sie herein, saß dann auf dem wunderschönen, aber ungemütlichen Zierstuhl. Zwischen zwei kleinen Schlucken Tee machte sie den Vorschlag: Nackenmassage. Sei in der Einpflegung mit drin. «Oder *Handdurchwalkung*», verbesserte sie, «um genau zu sein.»

Und er: «Nein, danke. Obwohl Sie das sicher sehr gut können! Sie haben eine kraftvolle Art!»

Das fand sie schmeichelhaft. Er sah sie offen an. Seine Stimme klang einnehmend melodiös. Ja, er sei tatsächlich ausgebildeter Sänger, erzählte er. Am Folgetag habe er ein Vorsingen. Er bewerbe sich für die

Nibelungenfestspiele – nicht um den Siegfried, sondern auf eine Nebenrolle – und hoffe sehr auf Erfolg. Danke für Kekse und Tee.

Im Rezeptionszimmer kamen ihr aus Mitleid die Tränen. Er würde die Rolle nicht bekommen. Sie hatte es *geschaut.*

Wenn man ihm in die Augen sah, hatte man das Gefühl, als wäre dahinter nur ein einziges Zimmer, und in diesem Zimmer wohne der Misserfolg.

Das ist jetzt wirklich kräuterhexenhaft, nur eine Kräuterhexe kann so etwas *schauen,* dachte Beate. Aber wahr blieb es trotzdem. Ahnte er es selbst? Ein Teil von einem wusste vielleicht immer schon alles.

Auch als eines Wochenendes gar niemand kam, saß sie froh an einem der Tische. Sie hatte Rosenkohl, Rindfleisch und Kartoffelbrei zubereitet. Sößchen, Sößchenkanne. Wie alle Gerichte in ihrem Motel wurde auch dieses auf einem Porzellanteller mit Portionierungsbuchten serviert.

Seit Jahren schon hatte sie von solchen Tellern essen wollen. Tellern wie aus einem kitzligen 50er-Jahre-Traum. Bernd hatte sich dagegengestemmt. Diese

Teller seien für Verklemmte, hatte er gesagt. Er war immer für zukunftsweisendes Dekor gewesen. Bernd, der Innenarchitekt. Bernd, der Unverklemmte. Sie war verschüchtert gewesen, das war der Platz an seiner Seite, der Platz, den er ihr zugewiesen hatte.

Warum erinnerte sie sich plötzlich gar nicht mehr daran, ihn geliebt zu haben?

Den letzten Karton mit seinen Habseligkeiten brachte sie am frühen Morgen in den Wald. Im Zwielicht der ersten Sonnenstrahlen lehnte sie seine Kriminalromane an Baumwurzeln. Sie hängte eines seiner Hemden an einen Ast. Einen Sockenbommel setzte sie in ein verlassenes Nest. Einige frühe Briefe behielt sie, ohne sie noch mal zu lesen.

Auf dem Rückweg kaufte sie Erdbeeren, Erdbeersirup, Erdbeereis und Kräutertee. Alles war plötzlich teurer. Oder schon länger? Bekam sie immer weniger mit? Verstand sie die Themen noch, die man im Städtchen besprach?

Nein, muss ich auch nicht, entschied sie zu Hause im leeren Motel. Das Weltgeschehen belastete einen nur. Aber das Rausgehen, das Ausgehen – das darf ich nicht einstellen.

Das Kino in Lykershausen war bis auf sie und ein junges Paar leer. Dröger Donnerstag. Beate hatte auf halbem Weg die Stützstrümpfe ausgezogen und war barfuß weitergegangen. Barfuß hatte sie das Kino betreten und die Irritation im Gesicht des Kartenverkäufers genossen.

Jetzt saß sie in der siebten Reihe, kratzte mit den Zehen über den filzigen Boden, Barfuß-Kino, das hatte sie in 75 Jahren noch nie gemacht.

Nicolas Cage hatte ein überaus langes Gesicht. Nicolas Cage hatte ein Pferdegesicht. Beate hob ihr Knie so, dass Nicolas Cage es ins Gesicht bekam. Meine Kniehärchen in Nicolas Cages Superstarnasenlöchern.

Ab der Mitte des Films lag dann ein bloßes, blasses Unterbein vor ihr zwischen den Lehnen. Es war ihres. Ihre Wade, ihr Fuß. Das junge Paar in der sechsten Reihe reagierte mit einem synchronen Nasenrümpfen, als sie die Zehen zappeln ließ. Das Mädchen lehnte sich an den Jungen.

Wie vor zwanzig, dreißig, vierzig, fünfzig Jahren, dachte Beate, ein Mädchen, das Schutz an der Schulter eines Jungen sucht, weil da eine wüste alte Oma randaliert.

Zurück im Motel pumpte das Herz. Sie duschte. Dann legte sie sich klitschnass in eines der Betten, nah am offenen Fenster zur Straße. Hineinsehen konnte man nicht, aber hinaus, hinauf, durch die Zweige.

Während es unter ihr kalt wurde vom Wasser, trocknete ihre Haut. Sie genoss das pelzige Frieren. Hin und wieder wehte eine warme Brise herein. Radiomusik und Leben fuhren vorbei und entfernten sich und verstummten. Aber sie war groß. Sie streckte sich aus.

Später stellte sie sich nackt ans Fenster und sah jemanden auf einer schwarzen Vespa vorbeifahren. Ein Ruderboot ist Quatsch, überlegte sie. Ich kaufe mir eine Vespa. Aber nicht in so einem Todesschwarz. In einer fröhlichen Farbe! Und ich fahre ohne Helm. Meine Haare wehen!

Folgende Gäste gastierten in diesem Endsommer noch im *Motel Loreley*:

Ein Vertreter für Espressomaschinen. Vorname Gian. Rücken rasierpinselheftig behaart.

Eine Familie samt großköpfiger Tochter, die ihre Eltern zu einem Geweih-Foto überredete. (Beate hatte jetzt fünf Polaroidfotos von Menschen mit Geweih:

sich selbst, Mathis, die Tochter und deren Eltern. Sie pinnte sie auf die Samttapete. Weitere sollten folgen.)

Ein Journalist.

Ein Waschbär. Zumindest hörte es sich nachts danach an.

Der Tod kam Mitte Dezember im Schlaf und ohne Wut. Als Beates Tochter wenige Tage später vor der Tür stand und vergeblich geklingelt hatte, ahnte sie es, die Mutter würde leblos drinnen liegen. Sie verdrängte den Gedanken. Unsinn, sagte sie sich, es gibt gar keine Anzeichen dafür. Neben dem Haus stand eine himmelblaue Vespa. Im Rückspiegel zog sie den Lidschatten nach.